岩波文庫

32-792-10

シェイクスピアの記憶

J.L.ボルヘス作
内田兆史
鼓　直　訳

JN053368

岩波書店

LA MEMORIA DE SHAKESPEARE
by Jorge Luis Borges
Copyright ©1995, María Kodama
All rights reserved.

First published 1983 by Emecé Editores, Buenos Aires.

This Japanese edition published 2023
by Iwanami Shoten, Publishers, Tokyo
by arrangement with The Wylie Agency (UK) Ltd., London.

目次

シェイクスピアの記憶

一九八三年八月二十五日

夜の小さな駅の時計で、すでに十一時を過ぎていることを知った。ホテルまで歩いて帰った。馴染みの深い場所がわれわれに抱かせるものだが、思いわずらうこともない心の安らぎを、いつものことながら私は感じていた。大きな表の門は開いていたけれど、建物のなかは暗かった。玄関から中へ入っていくと、青白い鏡が広間の植物を映しているのが目についた。奇妙なことに、ホテルの主人は私だということが分からなくて、宿帳を差しだした。私はカウンターに取り付けられたペンを取りあげて、ブロンズ製のインク壺に浸した。開いた宿帳に顔を近づけた私は仰天した、その夜はさらに、さまざまな不思議に直面することになるのだが。私の名前、ホルヘ・ルイス・ボルヘスがすでにそこに書かれていて、インクの跡もまだ新しかったのである。

主人が言った。

「たしか、さっき部屋に上がられたと……」そう言ってから私の顔をよく見て、謝った。「申し訳ありません。別の方があまりよく似ていらっしゃるもので、つい。でも、お客さまのほうがお若いようで」

私は訊いた。

「何号室？」

「十九号室をご希望でした」これが返事だった。

私の恐れていたとおりだった。

ペンをその場に放りだして、私は階段を駆けあがった。十九号室は三階にあって、手すりとたしかベンチが目につくだけで殺風景な中庭に面していた。ホテルの最上階の部屋だった。ドアに鍵は掛かっていなかった。シャンデリ

ア の灯もつけっ放しだった。無慈悲な光線の下で私は、そこに私を見た。狭い鉄のベッドに横になっていた。もっと老けて、やせこけて、ひどく顔色の悪い私がそこにいて、高いところにある刳形《くりかた》をぼんやりと眺めていた。私の耳までその声が届いた。私の声とまったく同じものではなかった。録音などでよく聞く、耳ざわりな、張りのない声だった。

「奇妙だな」と彼は言った。「われわれは二人で、しかも同じ一人の人間なのだ。しかし夢のなかでは、何があってもおかしくはない」

私は驚いて、訊いた。

「では、これはすべて夢、ということかね?」

「間違いなく、私の最後の夢だよ」

ナイトテーブルの大理石の上に置かれた空瓶を、彼は指さした。

「しかし君は、今夜を迎えるまでに、夢みることがいろいろあるはずだ。

ところで、きょうは何日かね？」

「さあ、はっきりしないが」と、当惑しながら私は答えた。「いずれにしても私は、きのうで六十一になった」

「君の目覚めが今夜まで続くとしての話だが、君はきのうで、八十四になったことになる。きょうは一九八三年の八月二十五日なんだ」

「まだ長い年月、待たなきゃならん」私はつぶやいた。

「私にはもう、いくらも残されていない」つっけんどんな調子で、彼はそう言った。「私は、いつ死んでもおかしくない。私にとって未知のもののなかに、いつ消えることになってもおかしくない。それで私は、分身を夢みつづけているのだ。鏡とスティーヴンソンに教えられて、すでに手垢《てあか》のついたテーマだが」

スティーヴンソンの名を持ちだしたのは、なにも衒学《げんがく》趣味からではなく、訣別の挨拶のつもりであることに私は気づいた。私はすなわち彼であったから、容易に理解することができた。劇的な瞬間に遭遇したからといって、人間シェイクスピアとなり、記憶に残ることばが吐けるものではない。話題を変えるために、私は言った。

「こうなると私には分かっていた。昔のことだが、ここで、下の部屋のひとつで、われわれはこの自殺の物語の原稿に手をつけたのだった」

「そのとおり」思い出を掻き寄せるように、彼はゆっくりとした口調で答えた。「しかし特に関係があるとは思えない。あの原稿で私は、アドロゲー行きの切符を買い、ホテル・ラス・デリシアスの十九号室に、どの部屋からも離れた部屋に入った。そしてそこで自殺した」

「それで今、私はここにいるわけだ」

「今、ここに？　われわれはいつも、ここにいる。私はここで、マイプー街の家で君を夢みているのだ。ここで、母の部屋だったここで、私は旅立とうとしているのだ」

「母の部屋、だった」私はくり返したが、相手の話を理解したくはなかった。「私は上の中庭に面した十九号室で君を夢みている」

「いったい誰が、誰を夢みているのだろう？　私が君を夢みていることはたしかだが、君が私を夢みているかどうかは分からない。アドロゲーのホテルはずいぶん前に、二十年前に、いや三十年前に、取り壊されてしまった、たしか」

「夢みているのは、この私だ」挑むような調子で私は答えた。

「大切なことは、夢みる一人の人間が存在するのか、それとも二人の人間が夢みているのか、その点を明らかにすることだということに君は気づいていないようだ」

「私がボルヘスで、宿帳の君の名前を見て、ここへ上がってきたのだ」

「ボルヘスはこの私で、マイプー街で息を引き取りつつある」

しばらく沈黙していたが、やがて相手の男は言った。

「それではひとつ、テストをしよう。われわれの一生でいちばん嫌な思いをしたのは、いつだったかな？」

私は彼の上にかがみ込んだ。二人が同時に口を開いた。二人ともでたらめを言った。

ほのかな微笑が年寄りの顔を明るませた。その微笑がなんとなく私の微笑の写しのような気がした。

「われわれはでたらめを言った」と彼は続けた。「われわれは二人であって、一人ではないと感じたからだ。真実は、われわれは二人であり、しかも一人なのだ」

話しているうちに、私はいらいらして来た。相手にはっきりそう言ってから、さらに付け加えた。

「一九八三年の今、これから先残された月日について、なにか私に教えてくれることはないかね？」

「何が教えられるというのかね、ボルヘス？　気の毒だが、すでに馴染みの不幸がふたたびくり返されるだろう。君はこの家に独り取り残される。その手は、活字のない書物や、スヴェーデンボリの賞牌や、連邦十字章の刻まれた木の盆などに触れるだろう。盲目は闇黒ではない。孤独のひとつの形なのだ。君はふたたびアイスランドを訪れることになる」

「アイスランド！　海に囲まれたあのアイスランドか！」

「ローマでは、ふたたびキーツの詩をくちずさむだろう。彼の名は、万人の名と同じように、水に書かれたのだったが」

「私はローマを訪れたことがない」

「ほかにもいろんなことがある。君は、われわれの最大の傑作である詩を書く。それはエレジーの形式をとるだろう」

「……の死を悼みて」と私はつぶやいた。名前を口にする勇気はなかった。

「いやいや、彼女は君より長生きするはずだよ」

二人はしばらく沈黙していた。やがて彼は言った。

「君は、われわれが長い年月夢みてきた本を書くだろう。一九七九年頃には、君の考えている作品が一連の草稿、雑多な内容の草稿でしかないことを悟り、君にとっての畢生《ひっせい》の作を物するという、空しい、迷妄にも似た誘惑に屈することになる。『ファウスト』や、『サランボー』や、『ユリシーズ』がわれわれの心に植え付けた迷妄というべきか。何ページも何ページも信じられないくらい書いたよ」

「そして最後に、失敗を認めたわけだ」

「いや、もっと悪い。言葉のもっとも嫌な意味で、傑作であることを知ったのだ。私のよき意図も最初の数ページから先へは及ばなかった。残りのページを埋めているのは、迷宮、ナイフ、己れは影だと思っている人間、己れは実在するものと信じている影、夜ごとの虎、血に帰る闘い、光を失った不運なファン・ムラーニャ、マセドニオの声、死者の爪で造られた船、昼下がりに反復される古代英語などだった」

「その博物館は私にとって馴染み深いものだ」と、私は皮肉まじりに言った。

「まだある。それは、まやかしの記憶、象徴の二重の組み合わせ、長ながしい列挙、月並みな表現の巧みな利用、批評家たちが発見して大喜びする不完全な相称性、かならずしも贋作のものではない引用などだった」

「君はその本を発表したのかね？」

「本気ではなかったが、たとえばそれを火に投じるという、メロドラマ的なことを考えたりした。結局、ペンネームを使って、マドリードで出版することになった。ボルヘスの下手な模倣者、と言われた。ボルヘスに非ずして、オリジナルの外面的なものを反復するのが欠点だ、とも言われた」

「べつに驚くことはない」と私は言った。「あらゆる作家が最後には、そのもっとも明敏ならざる弟子になるのだ」

「あの本こそ、この夜まで私を導いてくれた道のひとつなのだ。そのほかは……老いの惨めさと、日々をともかく生きてきたという想いが……」

「その本を私は書かないだろう」と私は言った。

「いや、君はそれを書く。私の言葉は、今こそ現在だが、やがては夢の記憶でしかなくなるだろう」

おそらく私が自分のクラスで使っているものだろうが、彼の押しつけがましい口調が気にさわった。われわれが互いによく似ていることや、死が間近に迫っているので何事も許されると思っていることなどが、気に食わなかった。仕返しのつもりで、私は言った。

「間もなく死ぬというが、ほんとにたしかかね?」

「たしかだ」と彼は答えた。「穏やかな安らぎのようなものを私の心は感じている。今までなかったことだ。君にこれを伝えることはできない。すべての言葉が共通の体験を要求する。私の言うことが、なぜ、そんなに君の気にさわるのかね?」

「われわれが似すぎているからだ。私のカリカチュアだから、私はその顔が大嫌いだ。私のものにそっくりだから、私はその声が大嫌いだ。私のものにほかならないから、私はその哀れっぽい物言いが大嫌いだ」

「それは私も同じさ」と相手が答えた。「だから自殺の決心をしたのだ」

外から鳥の鳴く声が聞こえた。

「あれは最後の歌だ」と相手が言った。

傍へ来るように手招きした。その手が私の手を求めた。私は後ろへ下がった。二人が一人になることを恐れたのだ。

彼は言った。

「ストア派の学者たちは、われわれは人生について不平を言うべきではない、牢獄の扉は開かれている、と教えている。そのとおりだと私は思ったが、しかし怠慢と怯懦《きょうだ》のせいで、ことを先に延ばしてしまった。たしか十二日前のことだが、私はラプラタ大学で『アエネイス』の第六の書について講演をしていた。六歩格の詩行をくちずさんでいたとき突然、自分のとるべき道を知った。私は決心したのだった。その瞬間から、私は自分を不死身だと感じるようになった。私の運命は君のものだろう。ラテン語とウェルギリウスのあわいで、君は唐突に啓示を受けるだろう。そのときすでに君は、二つの時間と二つの場所で流れている、この奇妙な対話を完全に忘れているだろう。君がふたたび対話を夢みるとき、君はこの私になり、私の夢となるにちがいない」

「この対話を忘れずに、あしたになったら、書きとめるつもりだ」

「対話は君の記憶の奥に、夢という潮《うしお》の底に、いつまでも残っているにちがいない。それを書くときは、幻想譚を物していると思うはずだ。が、それはあしたのことではない。君にはまだ長い年月が残されている」

そこで話がとぎれ、私は相手が死んだことを知った。ある意味では、彼とともに私も死んだのだった。悲嘆に暮れながら私は枕に顔を近づけた。もはや誰もそこにいなかった。

私は部屋から出た。外に出ると中庭も、大理石の階段も、静かな広い屋敷も、ユーカリの木立も、彫像も、あずま屋も、噴水も、アドロゲーの村の庭園の鉄格子の戸口も、すべて消えていた。

外で私を待っていたのは、別の夢だった。

青い虎

ブレイクはその有名な作品の一節で、虎を光りかがよう炎と〈悪〉の永遠の原型に仕立てている。私はむしろチェスタトンのあの言葉を好ましいと思う。彼は、この上ない優雅のシンボルと虎を規定している。そのほかに、何百年も前から人間の脳裏に宿っているあの形象、虎の記号たり得る言葉は存在しないのである。子供のころ、動物園のある檻の前を動こうとしなかった自分を記憶している。ほかの檻には全く気を引かれなかった。虎の挿画の出来の善し悪しによって百科事典や博物誌の文章を判断した。『ジャングル・ブック』の内容を知ったときも、虎のシア・カーンが主人公の敵であることが気に入らなかった。長い年月、あの奇妙な愛着は私の心から去らなかった。

狩猟家たらんとする矛盾した意志や、人の世のありふれた出来事を凌いで生き延びた。暫く前まで——遠い日のことのように思えるが、実際にはそうではない——ラホール大学における私のふだんの仕事と穏やかに共存していた。私はヨーロッパの論理学の教師でオリエントのそれにも関心があり、貴重な日曜日もスピノザの著作のゼミナールに当てていた。私はスコットランドの生まれであることを付け加えておくべきだろう。おそらく虎への愛着ゆえに、私はアバディーンからパンジャブへ引き寄せられたのである。私の日々はなんの変哲もないものであり、夢ではいつも虎を見ていた（今では別の形をしたものがそこには蠢《うごめ》いている）。

この話はすでに何度もしたことがあって、現在では他人のことのようにも思える。しかし、自ら語れと強く迫るものがあるので、その意にしたがうことにする。

一九〇四年の末、私は、ガンジス河のデルタ地帯で青い種類の虎が発見されたというニュースを読んだ。こうした場合にありがちな矛盾や食い違いはあったが、海外からの電信によってニュースは確認された。私のかつての愛着がふたたび蘇《よみがえ》った。色彩の名称については不正確なことが多いので、私は間違いではないかと思った。アイスランド語ではエチオピアの呼称はBlá-land、すなわち、〈青い土地〉あるいは〈黒人らの土地〉であることを、どこかで読んだことを思いだした。青い虎は黒豹である可能性が強かった。縞模様については全く触れられていなかった。銀の縞模様の入った青い虎の挿絵をロンドンの新聞が掲載したが、いかにも作りものめいていた。挿絵の青が現実のものというより紋章の青にふさわしいものに思われた。ある夜の夢のなかで私は、それまで見たことのない青い虎の群れを見た。そしてそれを表現する適切な言葉を見出せなかった。黒に近かったように思うが、これだけではその微妙な色合を想像するには不十分である。

それから数か月たったころ、同僚の一人が、ガンジス河から遠く離れたある村で青い虎のうわさを聞いたことがある、と教えてくれた。この情報には私も驚かないわけにいかなかった。私の知るかぎり、その地方で虎を見ることは稀だったからだ。私はふたたび青い虎の夢をみたが、その虎は歩きながら、砂地の上に長い影を投げかけていた。私は休暇を利用してあの村へ赴いた。村の名前は(いずれ明らかにするつもりだが理由があって)ここでは挙げない。

村に到着したのは雨期の終わったころだった。村はある山の麓《ふもと》に這《は》いつくばっていた。高さよりは横への広がりのほうが目立つ山で、黒っぽい緑のジャングルが脅かすようにその周囲に迫っていた。キプリングの本のどこかに、私が冒険を求めてやって来た侘《わび》しい村はあるはずだ。彼の作品のなかにはインドのすべてが、そしてある意味ではこの地球全体が存在しているのだから。とりあえず、揺れる竹の橋がいくつか渡された堀が粗末な家々を護っていた、とだけ言っておこう。南のほうには湿地と水田が広がっていた。名も知れぬ泥の川が流れる低地が続き、その向こうでふたたびジャングルが始まっていた。

その村はヒンズー教徒のものだった。予想はしていたが、この事実は私の気に入らなかった。私はつねづねイスラム教徒のほうに好意を抱いていたからである。ユダヤ教から始まった宗教のなかで、イスラム教がもっとも貧しいものであることを知らないわけではないが。

インドには人間が蠢いているという印象を抱かされる。その村で私が感じたのは、蠢いているものはジャングルだということである。ジャングルは家々に押し入らんばかりの勢いだった。昼間は息苦しいほどの暑さであり、夜になっても涼しくならなかった。

村の長老たちが迎えてくれた。私は、曖昧で儀礼的な言葉からなる最初の会話を彼らと交した。その土地の貧しさについてはすでに述べたが、しかしすべての人間がその郷土をかけがえのないものと思っていることは明らかだ。私はうさん臭い部屋とやはりいかがわしい食べものを褒《ほ》めあげ、この地方の評判はラホールにも達している、と言った。男たちの表情が変わった。私は即座に、失策を犯したことに気づいた。悔んでも悔みきれない想いだった。彼らはよそ者とは決して分ちあおうとしない秘密を持っているのだ、と私は直感した。おそらく〈青い虎〉を尊び、深く信仰していて、私の言葉はそれを穢《けが》したのだ。

私は翌日の朝を待った。米の食事が終わり、茶も飲んだところで話を切りだした。前夜のことがあったにもかかわらず私は、何がどうしたのか飲みこめなかった(飲みこめるわけがなかった)。一同が唖然とした、というよりは恐怖をたたえた目でこちらを見たのである。しかし、私の目的は奇妙な毛をした猛獣を捕獲することだと伝えると、ほっとした表情で話を聞いてくれた。そのうちの一人が、ジャングルの近くで見かけたことがあると教えた。

真夜中に私は起こされた。一人の若者の話によれば、山羊が囲い場から消えたので捜しにいくと、対岸に青い虎が見えたという。新月の光の下では色をたしかめることは不可能だと思ったが、一同はそろって彼の話を保証した。それまで沈黙を守っていた一人の男もまた、青い虎を見たことがあると言った。われわれはライフルを持って出かけ、私は、ジャングルの闇のなかに消えていく猫族の影を見た、いや見たと思った。山羊には出会わなかったが、それをさらって行った猛獣が、私の求める青い虎でないことはたしかなようだった。残された足跡を熱心に指さす者たちがいた。もちろん何の証拠にもならなかった。

幾夜かが過ぎて私は、この無駄な騒ぎがしょっちゅうくり返されていることを知った。ダニエル・デフォーと同じで、村の男たちはさまざまな状況を巧みにでっち上げた。虎は四六時中、南の水田地帯や北の藪《やぶ》などで見かけられた。しかし間もなく、発見者らが妙に規則的に、交替で現われることに私は気づいた。私の現場への到着は判を押したように、虎が姿を消したその瞬間と正確に一致していた。いつも残された足跡や被害を見せられたが、しかし虎の痕跡ていどのものなら、人間の手で作ることができるだろう。私は何度か犬の死体を目撃した。ある月の晩、われわれは山羊を囮《おとり》にして朝まで待ったが、無駄だった。毎日のようにでたらめな話をでっち上げるのは、私の滞在を少しでも長引かせ、村に金を落とさせる積りなのだろう、村人から食べものを買い、身の回りの世話も任せているのだからと、最初、私は思った。

そしてこの推量が当たっていることを証明するために、下流の別の地域で例の虎を捜索しようと思う、と彼らに告げた。驚いたことに、一同はこの決定に賛意を表した。しかし私は即座に、何か隠された秘密のあることを、また、一同が私を警戒していることを察した。

すでに述べたとおり、村の家々が麓に積み重なっている森深い山は、それほど高いものではなかった。台地によって上を削がれていた。反対側の西と北のほうにはジャングルが広がっていた。斜面は起伏の激しいものではなかったので、私はある日の午後、山に登ってみようと提案してみた。私の簡単な言葉が人びとを驚かした。その一人は、斜面は非常に険しい、と叫ぶように言った。もっとも年配の男が重々しい口調で、私の目的はおよそ達成不可能なものである、と言った。山頂は聖なる場所であり、不思議な障害によって人間は近づくことができない、と語った。人の足でその山頂の土を踏むものは、神の姿を見ると同時に発狂するか、失明するという危険に身をさらすことになる、と。

私はそれ以上固執しなかったが、しかしその夜、みんなが寝静まったころ、音を立てないように小屋から抜けだし、手頃な斜面に取りついた。道と呼べるものはなく、藪に手こずらされた。

月が地平線に残っていた。まるでその日が重要な、おそらく私の生涯でもっとも重要な日であることを予感しているように、私は特別な注意を払って、すべてのものを見つめた。今でもまだ落葉の黒っぽい、時にはほとんど真黒な色をよく記憶している。空が明るくなったが、森のなかで歌う一羽の鳥もいなかった。

二、三十分登って、台地の上に立った。麓であえいでいる村よりも涼しいことは容易に想像できた。そこが山頂というよりは、あまり広くはない一種の段丘であることや、ジャングルが山腹を上へ這いあがっていることを知った。滞留する村の生活があたかも拘禁であるかのように、私は解放感を味わった。村の住民らが私を欺いたとしても、私にはどうでもよいことだった。何となく彼らが子供のような気がした。

虎についてだが……。失敗のくり返しで好奇心は薄れ確信は揺らいでいたけれど、私はほとんど機械的に足跡を捜した。

砂まじりの地面には亀裂が走っていた。たしかに深くはないがあちこちに分岐している亀裂のひとつに、私はある色を認めた。信じ難いことだけれど、それは私が夢みる虎の青だった。ああ、いっそ見なければよかった！　私は目を凝《こ》らした。亀裂は小さな石であふれていた。どれもこれも同じで、丸くて、すべすべしていた。直径は二、三センチだった。その奇麗にそろった形は、コインのように人の手になるものという印象を与えた。

私は腰をかがめて亀裂に手を入れ、いくつか摑《つか》みだした。かすかな戦慄が全身を走るのを感じた。摑んだ小石を右のポケットに、小型のはさみとアラ－ハーバードからの手紙の入ったポケットにしまった。偶然持っていたこの二つの品は、以下の物語のなかで然るべき場を占めることになる。

小屋へ帰り着いて早速、私は上着を脱いだ。ベッドに横になり、ふたたび虎の夢をみた。その夢のなかで例の色をじっくり観察した。それは、以前に夢みた虎の色であり、台地の小石の色だった。高く昇った太陽の光線を顔に感じて目が覚めた。ベッドから起きあがった。はさみと手紙が丸い小石を取りだすじゃまをした。まず一握りのものを摑みだした。まだ二回分か三回分はありそうな気がした。くすぐるような動き、ごく小さな震えが私の手に熱を与えた。手を開いてみると、丸い小石は三十、いや四十もの数に増えていた。十を越えてはいなかったと誓いたい気分だった。それらを机の上においた。

て、別のものを探った。これらもまた数が増えていることを確認するのに、いちいち数える必要はなかった。が、すべてを集めて山にしてから、私はひとつひとつ数えてみようとした。

簡単な計算が不可能だった。小石のひとつをじっと眺め、親指と人差し指でつまみ上げる。ひとつのはずなのに、たくさんの小石がそこにある。熱に頭を冒されているのではないことをたしかめてから、私は何度も実験をくり返した。みだりがわしい奇跡がくり返された。足や下腹が冷たくなり、膝が震えた。長い時間が過ぎた。

そちらを見ないようにしながら、私は丸い小石をひとつの山に積みあげて、窓から次々に放り捨てていった。数が減ったのを知って私はほっとした。ドアをしっかり閉めてからベッドに横たわった。これまでと正確に同じ姿勢をとり、すべては夢であると自分に納得させようと努めた。丸い小石のことを考えないために、そして暇つぶしに、私は声に出してゆっくりと、また正確に、『倫理学《エチカ》』の八つの定義と七つの公理をくり返した。それが助けになったか否かはともかく、私がそうした悪魔祓いの儀式に没頭していると、ドアをたたく音が耳に入った。独りごとを他人に聞かれたかと本能的に恐れながら、私はドアを開いた。

そこに立っていたのは、もっとも年配の男のバーグワン・ダスだった。ほんの一瞬のことだが、彼の出現は私を日常性へと引き戻したようだった。二人つれだって外へ出た。丸い小石が消えていることを期待したのだが、目の前の地面にちゃんとあった。その数については記憶がない。

老人はそれらの小石を、そして私の顔を穴のあくほど眺めてから、「この小石はここのものじゃない。上のほうのものだ」と、ふだんとは違った声で言った。

「そのとおりだ」と私は答えた。台地で発見したのだと、多少挑発的な調子で付け加え、そしてすぐに、よけいな説明をしたことを恥じた。

バーグワン・ダスは私を無視して、憑《つ》かれたように小石を見つめていた。私はそれを拾えと命じた。彼は動かなかった。

ピストルを抜き、声を荒げて命令をくり返したことを、残念ながら告白しなければならない。

バーグワン・ダスはつぶやいた。

「青い石を手に持つくらいなら、弾丸を胸にくらうほうがまだましだ」

「臆病な男だな」と私は応じた。

私も彼に負けないほど怯《おび》えていたが、目をつぶって、左手で一握りの小石を摑んだ。ピストルをケースにおさめ、あいたもう一方の手のたなごころに小石を落としていった。その数はさらに増えていた。

いつの間にか私はこの変化に馴れてしまっていた。驚かされたのはむしろバーグワン・ダスの大きな声だった。

「子を産むという石だ、こいつは！」と彼は叫んだ。「今でも大へんな数だが、まだまだ増えるぞ。形は満ちているときの月の形で、色は夢でしか見ることのできないあの青い色を帯びるんだ。わしの親のそのまた親が小石の力の話をしていたが、あれは嘘ではなかった」

村中の者がわれわれを取り囲んでいた。

私は、それら摩訶不思議なるものの主《ぬし》たる魔術師のような気分だった。一同が驚いている目の前で、私は丸い小石を掻き集め、持ちあげ、下にこぼし、ばらまいた。そして丸い小石が数を増していくのを見た。不思議なことに増えたり減ったりするのを見た。

村人たちは驚愕と恐怖の表情を浮かべて、押しひしめいていた。男たちはその妻に無理やり奇跡を拝ませた。腕を顔に当てる女があり、眼を閉じる女がいた。丸い小石に触れる勇気のある者はいなかった。一人の子供だけが嬉しそうな顔でそれをいじり回した。そしてその瞬間に私は、この騒ぎは奇跡を穢すものだと感じた。拾い集められるだけの丸い小石を拾い集めて、小屋へ戻った。

おそらく私は、あの日のあとのことは忘れようと努めてきたのだ。それは、今だに終わっていない、打ちつづく不運の始まった日だった。ともかく私は記憶していない。日の暮れるころに、前夜のことを懐かしく思いだした。それは、とくに楽しい夜というわけではなかった。毎夜同じことだが、虎への執念によって塗りこめられていたからである。ともあれ私は、昔は力にあふれていたが今では何の変哲もない、そのイメージに身を潜めようとした。青い虎は、後にオーストラリアで発見されたというが、ローマ人の愛した黒鳥に劣らず無害なものに見えた。

前に書いた自分のメモを読み直して、大きな誤りを犯していたことを知った。心理的、という的はずれな呼ばれ方をしているあの結構な、あるいは碌《ろく》でもない文学のしきたりに惑わされて、私はこの自分の発見を順を追って記録しようと望んでいた。丸い小石の恐るべき本性を強く主張したほうが良かったのかもしれない。

仮に月には一角獣が住んでいると言われたら、私はこの情報を承認もしくは拒否するか、判断を中断するにちがいないが、しかし一角獣を想像することはできる。ところが、月では六頭あるいは七頭の一角獣が三頭である可能性もあると言われたら即座に、そんなことは有りえない、と断言するにちがいない。三足す一は四、ということを心得ている者は、硬貨や、さいころや、チェスの駒や、鉛筆などで証明しようとはしない。そのことを知り、それで足りるのである。別の数を考えることはありえない。三足す一は四の同語反復であり、四を異なる方法で言っているだけだ、と断言する数学者もいる。アレクサンダー・クレイギーたる私は、地上のすべての人間のなかから選ばれて、たまたま、人間精神の本質的な法則と矛盾する唯一の物体を発見したにすぎない。

最初、私は気が狂ったのではないかという不安に苦しめられた。時がたつにつれて、いっそ気が狂ってくれたほうがいいと思うようになった。私自身の錯乱など、この宇宙に無秩序が存在することの証左に比べれば、取るに足らぬことであったからだ。仮に三足す一が二であったり十四であったりするならば、理性は狂気にほかならない。

そのころから私は小石の夢をみるのが習慣になった。夢が毎晩のようにくり返されるわけではないという、この状況に私は一縷《いちる》の望みをつないだのだが、しかしそれは間もなく恐怖に変わった。夢はいつも似たようなものだった。始まりから恐ろしい結末が予想された。手すり、らせんを描いて降りていく鉄製の階段、そして地下室が、連続した地下室があって、ほぼ垂直の階段をさらに降りていくと、鍛冶場や、錠前工場や、土牢や、泥沼などに行きあたる。そしてその底に、あの亀裂が、小石があった。小石はまたベヒモスあるいはレヴィアタン、すなわち主は不条理であることを聖書において意味する、あの獣たちでもあった。私がおののきながら目を醒《さ》ますと、脇の引き出しのなかで、小石が変身の構えを見せていた。

村人たちの私に対する態度が変わった。彼らは青い虎と呼んでいるが、小石の神聖さが私にも乗り移っていたのだ。しかし同時に、山頂を穢した罪が私にあることを彼らは知っていた。昼夜を問わずあらゆる瞬間に、神罰が下る可能性があった。彼らは私を襲ったり私の行為を批難する勇気はなかったが、しかし私は、皆が妙にへこへこすることに気づいていた。丸い小石をもてあそんだ子供は、その後二度と見かけなかった。私は毒殺を、背中にナイフを突き立てられることを恐れた。ある朝、東の空が明るくならぬうちに、私は村から逃げだした。村人のすべてが様子を窺っていること、そして私の逃亡は彼らにとって救いであることを私は感じた。あの最初の日の朝方から、誰ひとり小石を見たいとは思わなかったのである。

私はラホールに帰った。ポケットのなかに一握りの小石が入っていた。懐かしい蔵書も私の求める心の休らぎを与えてはくれなかった。あの呪わしい村、ジャングル、台地をいただく茨《いばら》だらけの斜面、その台地の小さな亀裂、その亀裂のなかの小石などが依然としてこの地上に存在することを、私は実感したのである。私の夢はそれらさまざまなものを混同し、増殖させた。村は小石、ジャングルは沼地、沼地はジャングルとなった。

私は友人たちを避けた。人類の科学の基礎を掘りくずすあの恐るべき奇跡を、彼らに教えてやりたいという誘惑に屈することを心配したのだ。

私はいろいろと実験をしてみた。丸い小石のひとつに十字の刻みを入れてみた。それをほかの小石と混ぜあわせると、二、三回の変化のあと消えてしまった。丸い小石の数が増えていたのはたしかだが。やすりで円弧をあらかじめ彫りつけた丸い小石を使って、同じ実験をしてみた。この小石もまた消えてしまった。私は丸い小石にたがねで穴を開け、実験をくり返した。これもどこかへ消えた。そして次の日、十字の刻まれた小石が無の世界における滞留から帰還した。何と不思議な空間ではないか。不可解な法則か非人間的な意志にしたがって、小石を吸いこんだり、時をへてからひとつひとつ返してよこすとは。

最初に数学を創造した秩序への渇望そのものによって、私は、子を産むばかげた小石という、あの数学からの逸脱のなかに秩序を求めようとした。その予測不可能な変容のうちに法則を見出そうとしたのである。寝食を忘れて変化の統計をとった。この時期については、いたずらに数字の並んだ何冊かのノートを残している。私のやり方は以下のようなものだった。目で小石をかぞえて、その数をメモする。それから二度に分けて摑み、机の上にぶちまける。それぞれの数をかぞえてメモし、同じ操作をくり返す。小石の転がり方に秩序を、隠された図形を見出そうとするが無駄だった。私の得ることのできた小石の最大値は四百十九であり、最小値は三であった。それらが姿を消すことを期待した、あるいは懸念した一瞬が存在した。実験を始めてから間もなく、ほかの小石から離れているものは増えることも消えることもできないことを、私は確認した。

当然のことながら、加減乗除の四則はこの場合不可能だった。小石たちは算数や蓋然性の計算に拒否の態度をとったのである。四十個の丸い小石が割られると、九個の商を生じることもあった。次にこの九個が割られて三百個を生むこともあった。それらの重量については知らない。秤を使わなかったからだが、しかしその重量は不変であり、軽かった。色はつねに、あの青であった。

こうした操作によって私は狂気から救われたのだった。数学を無効にする小石をいじり回しているうちに、私は一度ならず、最初の数字となり、多くの言語にcalculus（数え石、計数）という言葉を遺した、ギリシア人のあの小石のことを考えたのだった。数学は、と私はつぶやいた、小石で始まり、今や小石でその終わりを迎えようとしている。仮にピュタゴラスがこの小石たちをその手にしたら……

ひと月後には私は、この混乱は収拾できないことを悟った。御しがたい小石たちは目の前にあって、それらに触れ、あのくすぐったさをまたもや感じ、それらを放り投げ、ふたたび増減をくり返すのを見、奇数か偶数かをたしかめるようにと、絶えず私を誘った。ついに私は、小石たちによってそこらの物が、とりわけ、それらをいじり回している指が、汚染されるのではないかと恐れるようになった。

私は数日のあいだ、絶えず小石たちのことを考えるという義務を秘かに自分に課した。仮に忘れたとしてもそれは一瞬のことであり、悩みの種と改めて顔を突きあわせるのは遣《や》り切れないことだと思ったからである。

二月十日の夜は一睡もしなかった。夜明けまで歩き通して、ワジール・カーンのモスクの門をくぐった。朝の光がまだ色を帯びるに至っていない時刻だった。中庭に人影はなかった。何故ということもなく、私は水盤の水に手を浸けた。境内に入った私は、キリスト教の神とアラーとは不可解な唯一の存在の二つの名であると考え、声に出して、この重荷から解き放ってくださるようにと祈った。身じろぎもせずに答えを待った。

足音は聞こえなかったが、近くで話しかける声があった。

「わしじゃ」

乞食が横に立っていた。淡い闇を透かして、ターバン、濁った目、血色の悪い肌、白いものの混じった顎ひげなどを見分けることができた。背はあまり高くなかった。

乞食は手を差しのべながら、ひどく小さな声で言った。

「貧しい者に優しいお方よ、どうぞこのわしにお恵みを」

私は懐を探ってから答えた。

「一枚の硬貨も私は持っていない」

「いやいや、たくさんお持ちじゃ」乞食はこう答えた。

私の右のポケットに小石があった。ひとつを取りだして、手のひらに落とした。かすかな音さえしなかった。

「それをみんな、わしに恵んでくださらねばならん」と乞食は言った。「すべてを与えぬ者は、何ひとつ与えなかったも同然なのじゃ」

私は納得し、乞食に告げた。

「言っておくが、私の恵み物は、それは恐ろしいものだぞ」

乞食は答えた。

「おそらく、その恵み物がわしの受けられる唯一のものにちがいない。わしは罪ある身じゃ」

私は小石のすべてを手のひらの凹《くぼ》みに落とした。海の底に沈むように、かすかな音さえたてずに、小石たちは落ちていった。

やがて乞食は言った。

「お前さまの恵み物がどういうものか、わしにはまだ分からんが、わしからの恵み物は、それはそれは恐ろしいものじゃぞ。昼と夜、分別、習慣、そして世間なぞがお前さまのものじゃ」

目の見えない乞食の足音は聞こえなかった。夜明けの光のなかに消えていく姿もまた見えなかった。

パラケルススの薔薇

ド・クインシー『著作集』XIII、三四五

地下の二室を占める工房でパラケルススは、その神に、その定まらぬ神に、いずれの神に、弟子をお遣《つか》わしくださるようにと乞うた。夜が迫っていた。煖炉のつましい火が形の不ぞろいな影を投げかけていた。鉄製のランプをともすために起きあがるのも大儀だった。パラケルススは疲労で頭がぼんやりし、祈りのことも忘れてしまっていた。夜の闇で埃のつもったランビキや窯《かま》も見えなくなったころ、戸をたたく音がした。眠気をこらえてパラケルススは起きあがり、短いらせん階段を昇って、戸板の一枚を開けた。見知らぬ男

が入ってきた。やはり疲れている様子だった。パラケルススは腰掛けを指さした。男はそこへ座って、じっとしていた。しばらくの間、二人は言葉を交さなかった。

師のほうがまず口を開いた。

「西の人間たちの顔と東の人間たちの顔は、記憶している」ひけらかすような口調でそう言った。「しかしその顔には見覚えがない。何者だ？　このわしに何の用だ？」

「私の名など、どうでもよいことです」と相手は答えた。「三日三晩歩いてようやく、師のところまでたどり着きました。弟子にしていただきたいのです。蓄えをすべて持って参りました」

袋を取りだして、中身をテーブルの上にあけた。大へんな数の金貨だった。彼は右手を使って袋をあけた。パラケルススはランプに火を付けるために背を向けていた。振り返ったとき、その左手が一輪の薔薇《ばら》を持っていることに気づいた。その薔薇は気持ちを不安なものにした。

パラケルススは横になり、両手の指先を合わせて、言った。

「わしが物質のすべてを黄金に変えることができると信じて、おまえは黄金をわしに差しだした。わしが求めるのは黄金ではない。黄金が大事と思うようでは、わしの弟子にできん」

「黄金を大事と思っているわけではありません」と相手は答えた。「この金貨は、仕事をしたいという私の意志の証しでしかありません。〈錬金術〉を教えていただきたいのです。お傍にいてともに、〈賢者の石〉に達する道をたどりたいのです」

パラケルススはのんびりとした口調で言った。

「その道が〈賢者の石〉なのだ。そもそもの出発点が〈賢者の石〉なのだ。

この言葉の意味が分からなければ、おまえはまだ物のわきまえもついていないということだ。おまえの踏みだす一歩一歩が目的地なのだ」相手の男は疑うような目でパラケルススを見た。さっきとは違った声で言った。

「目的地というものが、果たしてあるのでしょうか？」

パラケルススは笑いだした。

「数が多いだけでなく、いずれも大馬鹿者だが、わしを中傷する連中は、目的地などというものはないと言い、わしを詐欺師呼ばわりしておる。連中が正しいとは言わぬが、しかしこのわしが、ただ夢みる者であるということもなくはない。〈道〉はたしかに〈在る〉のだ」

沈黙があってから、相手の男が言った。

「師とともにその道をたどる覚悟です。たとえ長い年月、歩きつづけなければならないとしても、この私に砂漠を越えさせてください。遠くからでもよろしい、その約束の地を眺めさせてください、星がその土を踏むことを許さないならば。しかし、旅立つ前に、ひとつ試したいことがあります」

「それは、いつ?」不安げな面持ちでパラケルススは尋ねた。

「この場でです」弟子はきっぱりした口調でそう答えた。

ラテン語で始まった会話が、今はドイツ語で行なわれていた。

若者は薔薇をかざした。

「もっぱらの噂ですが」と彼は言った。「師は薔薇をいったん焼き、その術を用いて、灰のなかからそれを蘇《よみがえ》らせることができるとか。その奇跡を私に見せていただけませんか? お願いいたします。そのあとなら、この命を捧げることも厭《いと》いません」

「簡単に物事を信じる男だな」と師は言った。「信じやすいこころなどに用はない。わしが求めるのはたしかな信念だ」

相手は引き退らなかった。

「簡単に信じるような人間ではないからこそ、この目で薔薇の死と蘇生を見たいのです」

パラケルススは薔薇を手に取って、話をする間、それをもてあそんでいた。

「おまえは物事を信じやすい男だ」と彼は言った。「このわしが薔薇を消すことができると、おまえは言わなかったかな?」

「薔薇を消せぬ者などおりません」と弟子は答えた。

「おまえは思い違いをしている。まさか、存在するものが無に帰し得ると思っているのではないか? 楽園の最初の人、アダムは一輪の花を、一本の草の茎を消すことができたと、そう思っているのではないか?」

「ここは、楽園ではありません」と若者は執拗に言った。「ここでは、月の下では、いっさいが死ぬべく定められています」

パラケルススは立ち上がっていた。

「他のいかなる場所に、われわれはいるというのだ。神が楽園よりほかの場所を創造し得るとでも、思っているのか？〈堕罪〉とは、われわれはまさしく楽園にいることを無視することではない、別のことだと信じているのか？」

「一輪の薔薇は、あっけなく燃え尽きるはずです」と弟子は挑むように言った。

「煖炉にまだ火が残っている」とパラケルススは応じた。「この薔薇を火中に投ずれば、それは燃え尽きたと、灰こそ真実だと、おまえは信じるだろう。だが、よいか、薔薇は永遠のものであり、その外見のみが変わり得るのだ。ふたたびその姿をおまえに見せるためには、一語で十分なのだ」

「一語で？」弟子は不思議そうな顔で言った。「窯の火は消え、ランビキは埃をかぶっています。どうやって蘇らせるのですか？」

パラケルススは悲しげな目で彼を見つめた。

「窯の火は消え」と相手の言葉をくり返した。「ランビキは埃をかぶっている。長いあいだ仕事をしてきたが、今日この頃は、別の道具を使っているのだ」

「どういうものかはお尋ねしません」相手は如才《じょさい》なく、あるいは卑屈にそう言った。

「わしが言うのは、神が天空と大地、われわれのいる見えざる楽園を造られるおりに用いたが、原罪によってわれわれの目から隠されてしまった道具のことだ。つまり、カバラの知識が授けてくれる〈御言《みこと》〉のことだ」

弟子は冷ややかに言った。

「薔薇がいったん消えてまた現われる、そのありさまを是非、私にお見せくださるようお願いいたします。蒸溜器をお使いになっても、あるいは〈御言〉を用いられても、私はかまいません」

パラケルススは考えこんだ。そしてしばらくして言った。

「仮にわしがそうしても、その目の錯覚による見せかけだと、おまえは言うにちがいない。奇跡もおまえの求める確信を与えてはくれないだろう。その薔薇をそこに捨てなさい」

若者は疑わしそうな目で彼を見つめた。師はいちだんと声を大きくして、こう言った。

「それだけではない。師の家へのこのこ入ってきて、奇跡を行なえと迫る。いったい自分を何様と思っているのだ。そうした恩恵に与るのにふさわしい何かを、これまでにしたことがあるのか？」

相手は震えながら答えた。

「よく分かっております。私は何もしてきておりません。今後、師について学びたいと思いますが、その長い月日にかけて私は、師がまず灰を、そしてそのあと薔薇を見せてくださることを望みます。それ以上のお願いはいたしません。この目の見たことを、私も信じることにします」

彼は、パラケルススが机に置いていた赤い薔薇を乱暴に取りあげて、火中に投じた。色どりは消えて、わずかな灰だけがあとに残された。無限とも思われる刹那《せつな》に、彼は言葉と奇跡を待ちつづけた。

パラケルススは少しも動じなかった。そして妙にくだけた調子で、こう話しかけた。

「バーゼルの医者も薬剤師もそろって、わしのことをペテン師と呼んでいるとか。どうやら当たっているらしい。そこにある灰は、さっきまで薔薇だったが、もう二度と薔薇に戻ることはないだろう」

若者は自分が恥ずかしくなった。パラケルススはペテン師、あるいは単なる夢想家である。闖入者《ちんにゅう》としての彼はその住まいまで押しかけて、その世に聞こえた魔術がいかさまであることを、無理やりパラケルススに告白させようとしている。

若者はその場にひざまずいた。そして言った。

「私のしたことを、どうぞお許しください。〈主〉が信徒らに求めておられる信仰が、私には欠けていました。灰はそのままにしておいてください。もっと強い人間になって、ここへ戻ってまいります。弟子にさせていただきます。〈道〉の尽きるところで、おそらく、薔薇を見ることができるでしょう」

純粋な情熱をこめて話をしていたが、しかしその情熱は、深い尊敬と激しい批難の的であり、高名であり、したがって実質の乏しい老師に対して抱く、憐憫の情にほかならなかった。彼、すなわちヨハネス・グリーゼバッハはいかなる権利があって、仮面の背後には何者もいないことを、その薄汚れた手であばこうとしたのか？

金貨を置いていくのは、施しをするようなものだった。帰りがけに、彼は金貨をふたたび袋に入れた。パラケルススは階段の下まで見送って、いつでもまた来てくれと言った。二度と会う機会のないことを二人とも知っていた。

パラケルススは一人になった。ランプを消し、使い古した肘掛け椅子に腰を下ろす前に、わずかな灰を手のひらにのせて、小さな声である言葉を唱えた。薔薇は蘇った。

シェイクスピアの記憶

ゲーテに心酔する者もいれば、『エッダ』や遅れ馳せのニーベルンゲンの歌を愛好する者もいる。私の運命はシェイクスピアであった。いまなおそうだが、それがどのようなものか、予測できた者などいないだろう。ただ一人の例外、ダニエル・ソープもプレトリアで亡くなったばかりだ。もう一人いるが、私はその顔を見たことがない。

私はヘルマン・ゼルゲル。物見高い読者であればあるいは、拙著『シェイクスピア年譜』に目を通したことがあるかもしれない。私もかつては、それがテクストを正しく理解するために有益だと思っていた。いくつかの言語に翻訳されており、スペイン語も例外ではない。同様に、ティボルドが一七三四年に刊行した註釈版に書き入れ、以来議論の余地もないほど正典の一部となった修正についての果てしない論争を記憶している可能性もないとは限らない。もはや自分のものとは思えないそうした文章の粗野な書きぶりに、今となっては驚くばかりだ。一九一四年ごろには、ギリシア文学研究者にして劇作家でもあるジョージ・チャップマンがホメロスの翻訳にあたって考案し、かつまた、彼自身は想像だにしていなかったとはいえ、英語をその源泉(「祖語《ウルシュプルング》」)たるアングロ・サクソン語へと遡らせる合成語についての論文を書いたが、活字にはしなかった。今では忘れてしまったが、その声を身近に感じようとは夢にも思わなかった。頭文字で署名したいくらかの抜き刷りを加えれば、それで私の文学人生のすべてとなるだろう。一九一七年に西部戦線で斃れた兄オットー・ユリウスの死を思い煩うことから解放されようと取り組んだ、未刊行の『マクベス』の翻訳を加えていいものかどうか。私にはあれを終わらせることはできなかった。私は理解したのだ、英語の素晴らしさは二つの起源──ゲルマンとラテンの──を有していることで、一方わがドイツ語は、極めて高い音楽的価値をもちながらも、ただひとつの起源に限られていると。

すでにダニエル・ソープの名前は挙げた。彼を紹介してくれたのはバークレイ少佐で、あるシェイクスピア国際会議でのおりだった。場所や日付については言いかねる。そうした類いの正確さというのが実際には曖昧さであることを知りすぎているからだ。

重要なことは、半ば盲目となったおかげで忘れかけているダニエル・ソープの顔より、傍目にも明らかな彼の不幸であった。歳月を重ねれば、人はさまざまなことを巧みに装うことができるものだが、幸福だけはそうもいかない。ダニエル・ソープの放つ憂鬱は、手で触れることすらできそうだった。

長い研究報告が終わり、その晩われわれはなんの変哲もない居酒屋に入った。英国にいる気分になろうと(すでにそこにいたのではあるが)、われわれは生ぬるい黒ビールの入った白鑞《しろめ》のジョッキを空ける儀式を繰り返した。

「パンジャブで、」と少佐が言った、「一人の物乞いの話を聞いた。イスラームの言い伝えによれば、ソロモン王は嵌めれば鳥のことばを理解できる指輪を持っていたという。その物乞いがソロモンの指輪の持ち主であることは周知の事実だった。その価値が計り知れないものだったばかりに売ることもままならず、ラホールにあるワジール・カーンのモスクの中庭で亡くなったのだそうだ」

私は、チョーサーがその驚くべき指輪の伝説を知らなかったはずはないと考えたものの、口にすればバークレイの話の腰を折るだけだった。

「指輪は、どうなったのですか」私は尋ねた。

「不可思議な物体によくあるとおりに消え失せたのだ。今もそのモスクのどこかに転がっているかもしれないし、あるいは、鳥など一羽もいないところに暮らす者が手にしているかもしれない」

「あるいはあまりにたくさんいるせいで」と私は言った。「鳥の言っていることが混ざり合ってしまうようなところに。そのお話には、バークレイさん、少々寓話的なところがあります」

ダニエル・ソープが口を開いたのはそのときだ。口調は感情を欠いており、われわれと目を合わせようともしなかった。彼の英語の発音は独特で、私は近東に長くいたせいだろうと考えた。

「寓話などではありません」と彼は言った、「そしてもしそうだったとしても、それは真実です。価値が計り知れないばかりに、売ることができないものはあるのです」

再現するのに努力を要するダニエル・ソープの言葉そのものより、その確固たる口調のほうがはるかに印象的だった。われわれは、彼が話を続けるのだろうと思ったが、彼は後悔したかのようにとつぜん口を閉ざしてしまった。バークレイが別れを告げ、われわれも連れだってホテルへ戻った。すでにかなり遅い時間だったが、ダニエル・ソープに部屋でもう少し話をしないかと誘われた。月並みな会話ののち、彼が私に言った。

「あなたに王の指輪を差しあげましょう。もちろん比喩として申しあげたまでですが、この比喩が秘めているのは、指輪に劣らず驚異的なものです。私が差しあげるのは、シェイクスピアの記憶です。彼のもっとも幼い、もっとも古い日々から、一六一六年四月初頭に至るまでの」

私はことばを失った。それはまるで、海をあげようと言われているようなものだった。

ソープはなおも言った。

「嘘など申しておりません。気が狂っているのでもありません。私の話が終わるまで、どうか判断は控えてください。私が軍医だと、軍医だったということは、さきほど少佐からお聞きになったことでしょう。物語にそれほど言葉かずは要しません。幕開けは近東、とある野戦病院で迎えた夜明けのことです。正確な日付などどうでもいいものです。二発の銃弾を埋め込まれたアダム・クレイという名の兵卒が、息を引き取る直前、末期の声で私に、その得がたい記憶を差し出しました。断末魔の苦痛や熱のせいで人はあらぬことを口にするものです。私は彼の申し出を受けることにしましたが、信用していたわけではありません。しかも、戦闘を体験するとそれほど珍しいものなどなくなってしまいます。彼には、私にその恵みにまつわる特異な条件について説明する時間もほとんど残されていませんでした。所有者は声に出して与えなければならず、相手も同様に同意しなければなりません。与える側は永久にそれを失うことになります」

兵士の名前と、受け渡しが行われた舞台の悲壮さが、私には悪い意味で文学的に映った。

いささか気後れしながら私は彼に尋ねた。

「つまり今あなたは、シェイクスピアの記憶をもっていらっしゃると」

ソープは答えた。

「現在私は、まだふたつの記憶を所有しています。私個人のものと、部分的に私であるあのシェイクスピアの記憶と。むしろ、ふたつの記憶が私を所有している、と申すべきかもしれません。それらが混じりあっている領域があります。何世紀のものなのか判りかねる女性の面影が浮かぶのです」

そこで私は尋ねた。

「シェイクスピアの記憶で、なにをされたのですか」

一瞬の沈黙ののち、彼はこう言った。

「小説仕立ての伝記を書きました。批評家たちからは蔑まれ、アメリカ合衆国と植民地ではいくらかの商業的成功を収めました。おそらくそれがすべてです。申し上げておきますが、私の恵みは心安いものではありません。あなたのお答えを待ちましょう」

私は考え込んだ。数奇というよりむしろ輝きを欠いた私の人生は、シェイクスピアの探求に捧げられてきたのではなかったか。その歩みの先でついに彼にまみえようとは、これほど正当なことなどあるだろうか。

私は一語一語はっきりと口にした。

「シェイクスピアの記憶を、いただきましょう」

なにかが起こったことは疑いようもなかったが、私にはそれが感じられなかった。

ほんの少し、疲労の先がけのようなものを感じたが、ただの思い込みかもしれなかった。

ソープが私に言ったことははっきり覚えている。

「記憶はすでにあなたの意識の中に入りました、とはいえそれを発見する必要があります。それはあなたの夢のさなかに、眠れない夜に、書物のページをめくる折りに、あるいは道を曲がったそのときに浮かんでくることでしょう。焦ってはなりません、記憶を作り出そうとしてはいけません。神秘的なできごとによくあるように、偶然が手を貸してくれることもあるでしょうし、あるいはその瞬間を遅らせることもあるでしょう。私が忘れていくにつれて、あなたが思い出すようになっていくのです。いつまでにと、お約束することはできませんが」

われわれはそのあと夜通しシャイロックの人物像について議論を交わした。私は、シェイクスピアがユダヤ人と個人的に付き合うようなことがあったのかという問題に立ち入るのは差し控えた。私がソープを試している、そんなことを想像されたくなかったのだ。私が確かめられたのは、彼の意見が私のそれと同じように学者らしい、型どおりのものだったことで、それが私を安堵させたか不安にさせたかはわからない。

その日は夜通し起きていたにもかかわらず、翌日の夜もほとんど眠ることができなかった。それまで幾度となくそうだったように、私は臆病なのだと気がついた。失望するのではないかと危惧するあまり、希望を抱くことに抵抗を感じたのだ。ソープの存在は夢の産物であると思おうとした。否応もなく期待は膨らんでいった。シェイクスピアが私のものになる。いままでこんなふうに、誰かが誰かのものであったためしはないのだ、愛のさなかにあっても、友情のさなかにあっても、ましてや憎悪のさなかにあっても。私が、いわばシェイクスピアになるのだった。私は悲劇や込み入ったソネットを書くことはないであろうが、運命の三女神でもあるあの魔女たちの啓示を受けた瞬間を思い出すことになるのだ。そしてあの広漠たる、

そしてあの不吉な星の軛を振りおとすのだ《アンド・シェイク・ザ・ヨーク・オブ・イノースピシャス・スターズ》
世界に倦んだこの身体から《フロム・ディス・ワールドウィアリー・フレッシュ》

なる詩行が賦与された瞬間も。

私はやがてアン・ハサウェイを思い出すことになるのだ、はるか昔にリューベックのアパルトマンで私に愛の手ほどきを授けようとした、盛りを過ぎたあの女を思い出すように。(彼女の顔を思い出そうとしてみたが、記憶に

蘇《よみがえ》ってくるのはただ黄色い壁紙と、窓から射す明るい光だけだった。あの最初の失敗は、のちの数かずの失敗をあらかじめ教えてくれていたに違いない。）

私は、その驚くべき記憶がもたらすのは、なによりもまず視覚的なイメージだろうと予測していた。実際にはそうではなかった。数日後に私は、髭を剃っているとき鏡の前で口をついて出てきたいくつかの単語に驚いたが、それは同僚に指摘されたとおり、チョーサーの詩「ＡＢＣ」の一節だった。ある日の夕方、大英博物館から外に出たときに口笛で吹いたメロディーは、非常に素朴な、聞いたこともないものだった。

読者はお気づきのことだろう、ひとつの記憶が初めて啓示される際の特徴は、いくつかの素晴らしい暗喩とはうらはらに、視覚的なものなどよりずっと聴覚的なものなのだ。

ド・クインシーは、人間の脳は重ね書きの羊皮紙だと主張している。新たな書跡はそのたびに直前の書跡を覆い尽くし、同時に直後の書跡に覆い尽くされる。ところが全能の記憶は、いかなる印象も、どれほど瞬間的なものであれ、適切な刺激さえ与えられれば思い出すことができる。遺言書から判断するに、シェイクスピアの家には一冊の本も、聖書すらなかったようだが、彼が愛読した作品を知らぬ者はいまい。チョーサー、ガワー、スペンサー、そしてクリストファー・マーロウ。ホリンシェッドの年代記、フローリオ訳のモンテーニュ、ノースのプルタルコス。私のもつシェイクスピアの記憶は潜在的なものだった。いま挙げたような古い書物を読むこと、つまり再読することが、私が求める刺激だった。彼の作品の中で最も直截的なものであるソネットも再読した。私はときおりそこに説明を、いくつもの説明を見出した。よい詩は声に出して読むことを要求する。何日かすると私は、何の苦もなく十六世紀の耳障りなrを、開母音を取り戻した。

私は『ドイツ文献学会誌』に、一二七番のソネットには記念すべき無敵艦隊の敗北が歌われていると書いた。すでに一八九九年にサミュエル・バトラーがそれを論文にしていることは思い出せなかった。

ストラットフォード・アポン・エイヴォン訪問は、予期した通り、なんの成果ももたらさなかった。

やがて、見る夢が少しずつ変わっていった。とはいえド・クインシーのように壮麗な悪夢となったわけでも、彼の師ジャン・パウルのように寓意的かつ慈悲深い幻視体験がもたらされたわけでもなかった。さまざまな顔と見知らぬ部屋が私の夜に入り込んできた。私が最初に認識できたのはチャップマンの顔だった。それからベン・ジョンソンと、伝記には登場しない、しかしながらシェイクスピアが頻繁に会っていたとおぼしき隣人の顔。

百科事典を手に入れたからといって、そのそれぞれの文を、それぞれの段落を、それぞれのページを、それぞれの挿画を手に入れたわけではない。手にするのは、そうしたものをいくらか知る可能性にすぎない。もしそれが、形体を有した、比較的単純な、各部がアルファベット順に並べられた存在に起こるとすれば、どうしてひとりの死者が有していた不可思議な記憶という、形体をもたず、うつろいやすい、波打つ多様《オンドワイヤン・エ・ディヴェール》な存在に起こらないことがあるだろうか。

自らの過去のすべてを一瞬にして把握できる者などいまい。そのような天恵は、私の知るかぎりシェイクスピアにも、彼の部分的相続人だった私にも許されなかった。人間の記憶は総体ではない。それは混沌とした数かずの漠然とした可能性だ。私の思い違いでなければ、聖アウグスティヌスは、記憶の宮殿と洞窟という話をしている。二つ目の隠喩のほうが正鵠を得ている。

私はその洞窟に入り込んだ。

われわれと同じく、シェイクスピアの記憶にも、彼自身が意識的に拒絶していたいくつかの領域が、闇に包まれた重大な領域があった。私は、彼がベン・ジョンソンにラテン語やギリシア語の六歩格詩を朗唱させられ、そこここで音節の長短を間違え、仲間たちの哄笑を買うのを耳で、シェイクスピアの比類なき耳を通じて思い出し、憤りに駆られないわけにはいかなかった。私は人間誰もがもちうる経験を凌ぐ幸せと闇を知った。私はそうとは知らずに、長く勤勉な孤独を通じて、その奇跡を従順に受け容れる準備をしてきていたのだろう。

およそ三十日ののち、死んだ者の記憶が私を高揚させた。一週間にわたって奇妙な幸福感につつまれながら、私は自分がシェイクスピアであるかのような気になった。彼の作品が、私のなかで更新された。私にはわかる、シェイクスピアにとって月はルナである以上にディアナであり、そしてディアナである以上にあの歩みの鈍い暗い単語、ムーンなのだと。別の発見もあった。シェイクスピアの表向きの無頓着、あの、ユゴーが擁護を試みた「無限世界の空白《アブサンス・ダン・ランフィニ》」は、故意のものだったのだ。シェイクスピアがそうしたことを許容、ないしは挿入したのは、舞台のために作られた彼の作品が自然なものに見えるよう、人工的に彫琢したものと映らないよう（過剰に滑らかに、人為的にならぬよう《ニヒト・アルツー・グラット・ウント・ゲキュンステルト》）にするためだった。同じ理由で、彼はメタファーを混用することにもなった。

我が人生の道は《マイ・ウェイ・オブ・ライフ》
たそがれ、黄色い葉へと向かっている《イズ・フォールン・イントゥ・ザ・シア、ジ・イエロー・リーフ》

ある朝、彼の記憶の奥底に、ひとつの過ちを発見した。私はそれを突きとめようとはしなかった。シェイクスピアがそうしたのはただ一度きりだった。その過ちがなんら退廃的なものではなかったとだけ述べておけば十分だろう。私は、人間の魂がもっている三つの能力、記憶、知性、意志はスコラ哲学者たちの空想ではないことを理解した。シェイクスピアの記憶が私に明らかにしえたのは、シェイクスピアの状況的特色にすぎない。それが、詩人の独自性を構成しているわけではないことは明らかだ。重要なのは、彼がそのはかない素材から作り上げた作品なのだ。

ソープと同じく、私も無邪気に伝記を書こうとしてみた。ほどなくして、そうした文学ジャンルに手をつけるには、私がいささかも有していない作家の資質を必要とすることがわかった。私には物語ることができない。私は、シェイクスピアよりもはるかに奇異な私自身の物語を紡ぐこともできないのだ。しかも、書いたところでなんの意味もない。偶然、ないしは運命がシェイクスピアにもたらした、些末でおそろしいことは、人間ならだれもが経験するものだ。彼はそうしたことを寓話に、彼らを夢見る風采の上がらない男などよりはるかに生き生きとした登場人物に、何世代にもわたって受け継がれる詩行に、ことばの音楽に移し替えることができた。いったいどうしてその複雑に絡み合う糸をほぐす必要があろう、そびえるその塔に地雷を仕掛ける必要があろう。なにゆえマクベスの響きと怒りを、ドキュメンタリーまがいの伝記、あるいは写実的な小説などという慎ましやかなものに貶める必要があるというのか。

周知の通り、ドイツの公的信仰はゲーテに向けられている。われわれがなにがしかの郷愁とともに標榜するシェイクスピア信奉というものは、もっと私的なものだ。(イギリスでは、イギリス人とはあまりにかけ離れたシェイクスピアが公的信奉の対象となっている。イギリスの本と言えば、それは聖書である。）

この冒険もはじめのうちは、シェイクスピアでいる幸福感が感じられた。のちにそれは耐えがたい束縛、そして恐怖へと変わった。はじめのうち、二つの記憶は、それぞれの別の流れとして混じり合うことはなかった。時とともに、シェイクスピアという偉大な河が、私のつましい水量を脅かし、ほとんど呑みこんでしまいそうになった。両親からもらったことばを忘れそうになっていることに気づいて愕然とした。個人のアイデンティティが記憶を礎にしているのであってみれば、私は私自身の存在理由すら心配になった。

友人たちが私に会いに来た。私が地獄にいることが彼らにわからないとは驚きだった。

私は、私を取り巻く日常的なもの《ディー・アルテークリッヒェ・ウンヴェルト》が理解できなくなりはじめた。ある朝私は、鉄と木とガラスからなるいくつもの巨大な形相のただ中で我を失った。呼び子と喧噪が私の耳を劈《つんざ》いた。私には永遠に感じられた一瞬ののち、ようやくブレーメン駅の機関車と客車を認めることができた。

歳月が過ぎるにつれ、人は誰も日ごと重くなっていく自らの記憶という荷を堪え忍ばざるをえなくなるものだ。私を苦しめていたのはふたつの記憶、ときに混じりあう私の記憶と、伝達されえぬはずのもう一人の記憶だった。ものはみなそれ自身であり続けたいと希求する、スピノザはそう書いている。石は石、虎は虎であろうとするのだ。私もまた、ヘルマン・ゼルゲルに戻りたくなっていた。

自らを解放しようと決意したのはいつのことだったか、もう覚えていない。私はもっとも手軽な方法に訴えた。偶然に任せて電話をかけたのだ。子供の声、女の声が電話に出た。私がなすべきは、声に注意を払うことだと考えた。

ついに、教養のありそうな男の声に行き当たった。私は彼に言った。

「シェイクスピアの記憶は要らないか。わかっている、私は君にたいへん深刻なものを差し出していることは。よく考えてほしい」

疑いを拭いえない声が答えた。

「その冒険に乗り出してみるとするか。シェイクスピアの記憶をいただくとしよう」

私はその恵みにまつわる条件について説明した。矛盾するようだが、私はいちどきに、私が書くべきだったはずの、そして結局のところ書くこと叶わなかった本への郷愁と、同時に、かの客人、亡霊が、私の元を離れることがないのではないかという恐怖とを感じた。

私は受話器を置き、すがるように、次のような諦めの言葉を繰り返した。

我にすぎないものこそが、我が身を生かしていくのだ《シンプリー・ザ・シング・アイ・アム・シャル・メイク・ミー・リブ》。

私はそれまで、古い記憶を呼び覚ますためにさまざまな訓練を考案した。今度はそれを消し去るために、別の方策を探す必要に駆られた。そうしたいくつもの規律のひとつとして、スヴェーデンボリの反逆の門人ウィリアム・ブレイクの神話の研究に勤しんだ。私はそれが、複雑というよりむしろ、厄介なものであることを発見した。

こうした道も、またそのほかのあらゆる道も無益であった。いずれもが、私をシェイクスピアへといざなうものだった。

ついに私は、希望の光の見える唯一の解決法を見いだした。果てしなくも精緻なバッハの音楽だ。

一九二四年の追記。私はもはや、多くの人間と同じ一介の人間にすぎない。昼間は、史料箱をまさぐり、学究のために愚にもつかぬことを書き留める名誉教授ヘルマン・ゼルゲルであるが、夜明けにふと気づく、夢を見ているのはもうひとりの男なのだと。ときおり頭をよぎるわずかな記憶こそ、ともすると嘘偽りのないものかもしれない。

訳　註

「一九八三年八月二十五日」

頁行
三10　**スティーヴンソン**　ロバート・ルイス・スティーヴンソン(一八五〇—九四)。スコットランド生まれの小説家、詩人。人間の二重性をテーマにした作品に『ジキル博士とハイド氏』やボルヘスが好んだ短篇「マーカイム」がある。ボルヘスは若い頃からスティーヴンソンの名を詩、エッセイ、短篇の中で何度も言及し、絶えず読み返していた。一九六五年刊行の『イギリス文学入門』(M・E・バスケスとの共著、邦題『ボルヘスのイギリス文学講義』)では、スティーヴンソンを「英文学でもっとも愛すべき英雄的人物の一人」(中村健二訳)だと賞讃を惜しまない。

三8　**アドロゲー**　ブエノスアイレス中心部から南へ二十キロほどのところにある市。

ボルヘスは幼少期から夏になると一家でアドロゲーに行っていた。また一九四四年から十年ほどはここに別荘をもっていた。ボルヘスの原風景のひとつ。

一二 12 **マイプー街**　ブエノスアイレスの中心地にある通り。ボルヘスが一九四六年以降四十年近くにわたって暮らしたアパートがこの通りの九九四番地にいまもある。一ブロック先には英文学を教えていたブエノスアイレス大学哲文学部があり、トゥクマン街の生家からも数ブロックしか離れていない。

一六 7 **スヴェーデンボリの賞牌**　エマヌエル・スヴェーデンボリ(一六八八—一七七二)は、スウェーデンの科学者、神学者、神秘思想家。ここで言う「賞牌」はおそらく十九世紀半ばにスウェーデン王立アカデミーが作ったメダルと思われる。ボルヘスはこれを大切に保管しており、生誕百年を記念してブエノスアイレスやパリで開催された記念展でも展示されていた。

一六 7 **連邦十字章の刻まれた木の盆**　一九七九年にボルヘスが受けたドイツ連邦共和国功労勲章の記念品か。

一六 11 **キーツ**　ジョン・キーツ(一七九五—一八二一)。イギリスの詩人。療養のため一八二〇年にローマに移り住むが、翌年二十五歳で亡くなった。墓碑には彼の望み通り名前は記されず、「その名を水に書かれし者、ここに眠る」と刻まれている。

一八6　**フアン・ムラーニャ**　十九世紀末から二十世紀初めにブエノスアイレス郊外でその名を知られたならず者(コンパドリート)。ボルヘスの詩や短篇にしばしば顔を出すフアン・ムラーニャは、ボルヘスにとってならず者、伊達男、ナイフ遣いの典型だった。

一八6　**マセドニオ**　マセドニオ・フェルナンデス(一八七四—一九五二)。アルゼンチンの作家、思想家。彼に大きな影響を与えられたボルヘスは一九七〇年の「自伝風エッセー」(『ボルヘスとわたし』所収)でヨーロッパからの帰国後に一番大きな意味をもつ存在だったと振り返り、「マセドニオほど強烈な、そして永続的な印象をわたしに与えた人物はいない」(牛島信明訳)と書いている。

「青い虎」

二七1　**ブレイクはその有名な作品の一節で、虎を光りかがよう炎と〈悪〉の永遠の原型に仕立てている。**　ウィリアム・ブレイク(一七五七—一八二七)の詩集『無垢と経験の歌』所収の詩「虎」を参照。

二七2　私はむしろチェスタトンのあの言葉を好ましいと思う。　イギリスの作家、詩人、批評家G・K・チェスタトン(一八七四―一九三六)の評論「ウィリアム・ブレイク」を参照。

四〇2　『倫理学《エチカ》』の八つの定義と七つの公理　全五部構成のうち、形而上学ないし存在論をあつかう第一部「神について」における定義と公理を指すのであろう。

五一9　ワジール・カーンのモスク　パキスタンのラホールにあるムガル帝国時代のモスク。

「パラケルススの薔薇」

五七エピグラフ　ド・クインシー『著作集』XIII、三四五　トマス・ド・クインシー(一七八五―一八五九)はイギリスの作家、批評家、随筆家。該当箇所は代表作『阿片常用者の告白』の続篇『深き淵よりの嘆息』に収録されている、人の脳を羊皮紙に譬えた「重ね書きした羊皮紙写本」。

五七1　パラケルスス　スイスの医師、化学者、錬金術師(一四九三―一五四一)。水銀、硫黄、塩を三要素とする独自の自然観を展開し、金属化合物を医薬として用いた。

「医化学の祖」と呼ばれる。ド・クインシーの「重ね書きした羊皮紙写本」には、「燃焼後に残った灰から元の姿の薔薇でも菫でも取り戻して見せると豪語した」（野島秀勝訳）と書かれている。

五九9　**〈賢者の石〉**　物質を金に変えたり、あらゆる病気を治したりする効力をもつと信じられた物質。中世の錬金術師たちが追い求めたもの。人間を不老不死にすることができるとも考えられた。

六七12　**ヨハネス・グリーゼバッハ**　パラケルススから時代は下るが、ドイツに最初期の聖書学者ヨハン・グリースバッハ（一七四五―一八一二）がいる。

「シェイクスピアの記憶」

七一1　**『エッダ』**　サガと並ぶ北欧神話。アイスランドの詩人スノッリ・ストゥルルソン（一一七九―一二四一）が十三世紀初めに書いたものがよく知られる。

七一1　**ニーベルンゲンの歌**　十二世紀の終わりから十三世紀初頭にかけて成立したとされるドイツ語の叙事詩。ネーデルラントの王子ジークフリートの結婚と暗殺に始まる悲劇をうたう。ボルヘスは、『ヴォルスンガ・サガ』ではニーベルンゲン伝説が神話的で叙事詩的に書かれている一方で、『ニーベルンゲンの歌』ではすでに物語の片鱗が見られる、と言っている。

七一4　**プレトリア**　アフリカ南部の歴史的な世界都市で現在も南アフリカ共和国の政治的中心地。イギリスの植民地時代からイギリス連邦下でも重要な都市だった。

七一9　**ティボルド**　ルイス・ティボルド（一六八八―一七四四）。イギリスの古典学者、劇作家。ポープが編纂した『シェイクスピア全集』の恣意的な改訂を批判し、シェイクスピアの残した本文には忠実に従い、誤り、欠陥もそのまま残すという方針で自ら全集を編纂、註釈と修正を加えて出版した。

七三5　**ジョージ・チャップマン**　イギリスの詩人、劇作家（一五五九頃―一六三四）。古典翻訳家でもあり、ホメロスの『イリアス』や『オデュッセイア』の韻文訳などがある。

七四10　**チョーサーがその驚くべき指輪の伝説を知らなかったはずはない**　ジェフリー・チョーサーはイギリスの詩人（一三四〇頃―一四〇〇）。その主著『カンタベリー物語』の「近習の物語」に、鳥の言葉を理解できる指輪の話がある。

七七7　**アダム・クレイ**　創造主によって創られた最初の人間の名である「アダム」は、

ヘブライ語の「土、地面」に由来すると同時に、「人間」という意味の一般名詞としても使われた。英語のクレイもまた、「土」の意味。

八三3　**運命の三女神でもあるあの魔女たちの啓示を受けた瞬間を思い出すことになるのだ。**　『マクベス』冒頭に登場し、「きれいは汚い、汚いはきれい」との言葉を残して退場する三人の魔女についてボルヘスは何度か言及している。武将マクベスはこの三人の暗示によってスコットランド王ダンカンを弑逆する。

八三5　**そしてあの不吉な星の軛を振りおとすのだ／世界に倦んだこの身体から**　And shake the yoke of inauspicious stars / From this worldweary flesh. 出典は『ロミオとジュリエット』第五幕第三場。

八三8　**アン・ハサウェイ**　シェイクスピアの妻。一五八二年に二十六歳で十八歳のシェイクスピアと結婚した。

八四6　**ガワー**　ジョン・ガワー(一三三〇頃—一四〇八)。イギリスの詩人。チョーサーの友人だった。シェイクスピアの戯曲『ペリクリーズ』では、ガワーが物語の語り手となっている。

八四6　**スペンサー**　エドマンド・スペンサー(一五五二頃—九九)。イギリスの詩人。

代表作『妖精の女王』は、エリザベス一世に捧げられた長篇叙事詩で、英文学の最高峰の一つとされる。

八四7 **クリストファー・マーロウ** イギリスの劇作家、詩人(一五六四―九三)。詩人としては無韻詩を得意とし、劇作家としてはイギリス・ルネサンス演劇の基礎を築き、シェイクスピアにも影響を与えたとされる。

八四7 **ホリンシェッドの年代記** ラファエル・ホリンシェッド(一五二九頃―八〇頃)はイギリスの年代記作家。シェイクスピアは彼の『年代記』を歴史劇、『マクベス』『リア王』などに利用している。

八四7 **フローリオ** ジョン・フローリオ(一五五三頃―一六二五)。辞典編集者、翻訳家。モンテーニュ『エセー』の英訳は名訳とされ、シェイクスピアはじめイギリス・ルネサンスの作家・思想家に大きな影響を与えた。

八四8 **ノース** トマス・ノース(一五三五頃―一六〇一頃)。イギリスの翻訳家。プルタルコスの『英雄伝』を英訳、シェイクスピアはローマを舞台にしたいくつかの戯曲(『ジュリアス・シーザー』『アントニーとクレオパトラ』『コリオレイナス』など)でこれを利用した。

八五3　**サミュエル・バトラー**　イギリスの小説家、批評家(一八三五―一九〇二)。代表作は匿名で刊行したユートピア小説『エレホン』であるが、シェイクスピアのソネットについての著作もある。

八五8　**ジャン・パウル**　ドイツの小説家(一七六三―一八二五)。夢の世界と理知的世界とを混交させたその作品は多くの読者を惹きつけた。代表作に『ヘスペルス』など。

八五11　**ベン・ジョンソン**　イギリスの劇作家、詩人(一五七二―一六三七)。シェイクスピアと親交があり、シェイクスピアの最初の作品集であるいわゆるファースト・フォリオにはジョンソンがシェイクスピアを追悼する詩が収められている。

八六11　**聖アウグスティヌスは、記憶の宮殿と洞窟という話をしている。**『告白』第十巻を参照。

八八9　**我が人生の道は／たそがれ、黄色い葉へと向かっている**　my way of life / Is fall'n into the sear, the yellow leaf. 出典は『マクベス』第五幕第三場。

九〇12　**イギリスでは、イギリス人とはあまりにかけ離れたシェイクスピアが公的信奉の対象となっている。**「自国を象徴する作家を選ぶ場合、奇妙なことにどの国も典型的な人物を選び出していないように思われます。たとえばイギリスなら、象徴的な人物として真っ先にジョンソン博士〔サミュエル・ジョンソン（一七〇九―八四）。イギリスの詩人、批評家〕を選んでよいはずなのに、なぜかシェイクスピアを選んでいます。しかし、考えてみればシェイクスピアはイギリスの作家の中でもっともイギリス人らしくない人物です。《Understatement》、つまり物事を控えめに言うこと、これがイギリス人の特質です。ところが、シェイクスピアは隠喩を誇張するきらいがあり、彼がイタリア人、あるいはユダヤ人であると言われても、われわれは少しも驚かないでしょう」（『語るボルヘス』所収「書物」より、木村榮一訳）

九三12　**我にすぎないものこそが、我が身を生かしていくのだ。**　Simply the thing I am shall make me live. 出典は『終わりよければすべてよし』第四幕第三場。

九四3　**スヴェーデンボリ**　エマヌエル・スヴェーデンボリ（一六八八―一七七二）は研学の結果、万能の科学者となったが、天国と地獄を生きながらにして眼前に見るという異常な体験を通じて熱烈な神秘主義者となった。個人の不死性を信じるだけでなく、人は心が正しいだけでは救済されず、天上の天使たちの神学的会話についていけるほどに知的でなければならないとした。その後、ウィリアム・ブレイクが現れて、キリストは言葉ではなく寓話を通して教えを説いたのだから、人は芸術を通しても救済されると、第三の救済を付け加えた。ボルヘスは一九七八年にブエノスアイレスのベルグラーノ大学で行った連続講演(『語るボルヘス』としてまとめられている)の第三回をスヴェーデンボリにあてている。

九四3　ウィリアム・ブレイク　イギリスの詩人、画家、銅版画家(一七五七—一八二七)。ダンテやシェイクスピア、聖書などの独自解釈の挿絵を制作。初期にはスヴェーデンボリの影響を受け、「四人のゾアたち」「ミルトン」「エルサレム」などの作品群において独自の象徴的な神話体系を構築した。

解説

内田兆史

最晩年のボルヘス

一九八〇年、八十歳のボルヘスがアルゼンチンの新聞『クラリン』に発表した詩「くたびれた旅人が手にするのは」において、詩人は自らが死を迎える場所を、前の年に初めて訪れた日本での体験を刻みつつ、以下のように想像する。

わたしは、わたしの都市のいずれで死ぬのだろう。それは、わたしが、たしかにカルヴァンからではなく、ウェルギリウスから、そしてタキトゥスから啓示を得た都市、ジュネーヴだろうか。

それは、ルイス・メリアン・ラフィヌールが、視力を失い、歳月を背負い、彼が書くことのなかったウルグアイのあの公正な歴史を刻んだ文書に埋もれて息を引き取った都市、モンテビデオだろうか。

それは、旅館で床の上に眠った夜、夢に恐ろしいブッダの像が現れ、触れはしたものの、見ることの叶わなかったその姿を、わたしが夢で見た都市、奈良だろうか。

それは、わたしが長い歳月を過ごし、人びとがわたしにサインを求める習慣があるにもかかわらず、わたしがほとんどよそ者である都市、ブエノスアイレスだろうか。

それは、母とわたしが一九六一年の秋にアメリカを発見した都市、テキサス州オースティンだろうか。

その答えを知るのはわたしではないだろう、そして誰もが忘れることだろう。

この詩の発表から六年後の一九八六年、死期が近いことを悟ったボルヘスが実際に選んだのは、第一次大戦下、十代後半だった彼が家族と過ごし、カルヴァンの創設した中等学校に通い、詩のなかでも死を迎える都市の候補として筆頭に挙げたジュネーヴだった。

一九六七年にハーバード大学で行ったいわゆるノートン講義において彼は、自分が祖国アルゼンチンでは「透明人間」なのだと述べている（『詩という仕事について』）。すでに文学界ではある程度の名声を得てなお筆だけでは食べていけず、糊口を凌ぐために一九三七年から一九四六年まで市立図書館の小さな分館で蔵書分類の仕事をし、同僚に、ホルヘ・ルイス・ボルヘスとかいう同姓同名の、しかも生年月日まで同じ作家が百科事典に載っていることを不思議がられた時代ならそうかもしれない。英語版のアンソロジー『ボルヘスとわたし』（一九七〇年）に収録された「自伝風エッセー」で「濃厚な不幸の九年」と語られる歳月だ。辞めた理由も筆で食べていけるようになったからではなく、その年にアルゼンチンで、ボルヘスが「その名も思い出したくない」と忌み嫌ったファン・ドミンゴ・ペロンが大統領となり、政権からの嫌がらせで市場の兎と鶏を扱う検査官へと異動させられることに抗議しての行動だった。しかしながら一九五〇年にはアルゼンチン作家協会の会長に選出され、さらに五五年にクーデターでペロン政権が倒されると、今度はペロンが「宿敵」だったがゆえにアルゼンチン国立図書館の館長に任命され（一九六〇年に発表された詩「天恵の歌」（『創造者』）で、「書物と闇」が同時に授けられたことを神の皮肉とうたう）、それと前後して国内では知らぬ者のいない国語の教科書の常連となり、六〇年代後半には、それこそハーバード大学に招かれるほど世界的な知名度を誇っていたのだ。たしかに当時、ブエノスアイレスを歩き回ることを日課のようにしていた彼の姿は、もはや市民にとって中心街の日常であり、その風景の一部ですらあったわけで、そういう意味では透明人間だったと言えなくもない。

いずれにせよ冒頭に引用した詩を書いた時点では、七五年に母親レオノールが亡くなる際、「ボルヘスの母親」であるがゆえにアルゼンチンのメディアがいかに大騒ぎしたか、彼はいやというほど思い知らされていた。自らが死ぬとなればさらなる騒乱が起こるに違いないと確信したボルヘスは、あるときは神話的な存在として、またあるときは実在する都市として、そして作中に登場する架空の都市のモデルとして、その作品の舞台に選び続け、彼自身が文学的に創造したとすら言える生地ブエノスアイレスを後にし、アルゼンチン人が、ボルヘスを誇りに思いつつもどうにも好きになれないと言う理由をまたひとつ増やすことになった。

ボルヘスの短篇作品

本書はそんなボルヘスが最後に発表した短篇を集めた作品集である。一八九九年に生まれたボルヘスの文学活動の始まりは詩であり、エッセイであった。一九三三年から三四年にかけてブエノスアイレスの新聞『クリティカ』の週刊別刷り文化欄の編集を担当するようになり、ここに書評やエッセイ、翻訳、読み物などを、いくつかの筆名も使いながら精力的に執筆する。なかでもマルセル・シュウォブの『架空の伝記』に倣って、世界の名だたる悪党について知り得た情報を基に自由に描いたシリーズは、彼にとって物語を書く試みとなり、そのほかの最初期の散文作品とともに『汚辱の世界史』として三五年に刊行される。またほぼ同時期に、存在しない本の書評である「アル・ムターシムを求めて」を評論集『永遠の歴史』(一九三六年)に収録している。ボルヘスの短篇のスタイルはこうした作品によって確立され、本格的にそのジャンルに取り組む三七年以降、『伝奇集』(初版一九四四年)と『アレフ』(同一九四九年)に収録される名作の数かずが生まれることになる。

四〇年代から五〇年代にかけてはそうした短篇と、主に『続審問』を構成するエッセイの執筆が中心だったが、五〇年代半ば以降、視力をほとんど失うと、執筆と読書という彼の文学的生活は他者に頼らざるをえなくなる。そしてそれは、詩への回帰を意味していた。「自伝風エッセー」で彼は、「失明に付随して現われた顕著な結果の一つは、わたしがしだいに自由詩を捨て、古典詩の韻律法に向ったということである。わたしは失明したために、再び詩作に意を致すようになった。もはや草稿に手を入れるなどという操作は許されなかったので、記憶に頼らざるを得なかった」(牛島信明訳)と説明する。六〇年代の彼は、ソネットを中心とした詩を、一行ずつ、句読点も含めて声に出して書き取らせては、それを複数回、声に出して読んでもらい、そのあと次の行を口述し、ふたたび最初から読み上げてもらい、といった詩の口述筆記の方法を実践した。同時に世界的な名声にも恵まれ、国内はもちろん、欧米の多くの都市や大学に招かれては講演をする存在となる。視力を失ったこと、そして世界を旅する著名な作家になったことに伴って散文の発表は極端に少なくなり、短篇については実際、五五年から十年以上、『創造者』に収録されている散文詩のような小品や、アドルフォ・ビオイ＝カサレスとの共作をのぞけば、発表されていないに等しい。

短篇の執筆が再開されるのは一九六〇年代後半で、新たな作品が七〇年に『ブロディーの報告書』としてまとめられる。そこに収められたのは、ボルヘスの代表作とも言える四〇年代の二つの短篇集に収録された、形而上学的な、ときに評論の体裁をとった、いわゆるブッキッシュで難解な作品とはかなり傾向の異なる、アルゼンチンの伝説や歴史(ボルヘスはこの二つに差を認めていない向きがある)を主題とした比較的平易な文体による短篇だ。ボルヘスはこうした一連の作品の嚆矢となった「じゃま者」について、「それまで多くの要素の入り組んだ物語ばかり書いていたので、若き日のキップリングの簡潔な直截性に強く心を惹かれていた」(牛島訳、『ボルヘスとわたし』所収「著者注釈」)ことが執筆のきっかけとなったと述べる。そうした傾向は『ブロディーの報告書』のほとんどの作品に見られ、その「まえがき」でも、当時読んでいたキプリングのストレートな作品に言及したのち、「作者が書こうと試みたのも、ストレートな短編」であったとし、さらには「鬼面ひとを脅すバロック的なスタイルは捨てた」(どちらも鼓直訳)とも書いている。

詩集『エル・オトロ、エル・ミスモ』に一九六九年に付した序文では、「文筆家の運命というものは奇妙なものだ。バロック、うぬぼれに満ちたバロックから始まり、歳月の経過とともに、星の巡りが幸いすれば、単純性（それ自体は何ものでもない）というよりは、複雑さを隠し持つ素朴な境地に達することができるのだ」（斎藤幸男訳）と告白し、初めて日本を訪れた際に受けたインタビューでは若書きにバロック的な文章や装飾が多いことについて、「新語や古語で飾り立てないと、なんとなく内容が薄っぺらなものになってしまうのではないかと恐れるんです。要するに書き手の不安が、バロック的な文体を生むわけですね」（一九七九年の日本滞在の記録である『旅人への贈り物』に収録された、杉山晃によるインタビュー「迷宮の森をさまよって」より）と自らをふり返って語っているほどだ。

ただ、『ブロディーの報告書』の文体がそれまでと異なっているのは、視力を失い、定型詩から手をつけた口述筆記という書き方の変化によるところも少なくないはずだ。四〇年代のボルヘスの短篇の草稿を見ると、そこには手書きの小さな文字がびっしりと並び、線で消しては新たな語句を書き入れ、ときには四角形や菱形などいくつもの記号を用いて挿入すべき文や句を余白に書き込んでいくなど、入念に推敲されたものがある。自分で読み書きができなくなり、口述によって完成された『ブロディーの報告書』に収録された短篇でそうした推敲ができなかったことは容易に想像できる。

この短篇集の作品の多くでアルゼンチン的主題が選ばれたことについては当時のボルヘスの状況も影響しているはずだ。一九一四年から二一年までをヨーロッパで過ごした後に帰国した際、若いボルヘスはブエノスアイレスの変化に目を瞠り、同時代のブエノスアイレスと、彼が経験したとは言いがたいかつてのブエノスアイレスへの郷愁をうたい、ブエノスアイレスの詩人として活動を開始する。場末のならず者を描いた短篇「薔薇色の街角の男」(『汚辱の世界史』)も同じ傾向をもった作品だ。『伝奇集』と『アレフ』を経て、『ブロディーの報告書』で、ある意味アルゼンチンに回帰することになったのには、六〇年代に実に四十年近くぶりにヨーロッパに行くようになり、若かりし情熱をよみがえらせ、同時に改めてアルゼンチンを見つめる機会を与えられたという事実が背景としてあるのだろう。六〇年代半ばには詩でもアルゼンチン的主題が増えており、一九六五年には『六本の弦のために』と題された、十九世紀にできたアルゼンチンやウルグアイの民衆の音楽「ミロンガ」のための詩を集めた作品集を刊行しており、ここでも場末のならず者たちが登場する。こうしたテーマについても、口述筆記という自らに課せられた制限を意識していたがゆえに、その映像が頭に浮かびやすいリアリスティックな題材を選んだという一面もあるのかもしれない。

一九七五年に刊行された『砂の本』でも、『ブロディーの報告書』の文体は引き継がれる。日本での別のインタビューでボルヘスは『砂の本』が邦訳されることを知らされ、「この作品は私のむかしの作品よりもずっと訳しやすいのではないかと思います。私はこのごろ平易な文章を書くように努めています。難解な語句は使わないように」しており、「できるだけ地味な言葉による表現をめざしています」(『旅人への贈り物』所収、杉山晃による別のインタビュー「ボルヘス氏に聞く」)と語る。一方、そのモチーフや主題について言えば、分身、夢、記憶、世界を丸ごと包含する組織、捏造された引用、言葉と現実の関係、存在しえない物体など、かつての幻想性や形而上学的な趣を取り戻している。こうした特徴を備えた『砂の本』は、本書の「一九八三年八月二十五日」の語り手である、六十一歳を迎えた、すなわちいまだ『ブロディーの報告書』以降の短篇を書いていないボルヘスに作者が、「あらゆる作家が最後には、そのもっとも明敏ならざる弟子になる」と語らせているとおり、「ボルヘスの下手な模倣」だと考える者もいるが、自らを「自分自身の困惑と、われわれが哲学と呼ぶ、敬意を払われてきた困惑の体系とを文学の形式に転化する文人に過ぎない」(ロナルド・クライストによるモノグラフィー『綿密な行為　ボルヘスの暗示の力』にボルヘスが寄せた序文。執筆年は「一九六八年」と記されている)と規定したボルヘスが、倫理、老いや死といった彼が晩年にくり返したテーマをも取り込みながら完成させたひとつの到達点とする者も少なくない。八十歳を迎えたボルヘス自身、自らの好きな作品として一九六〇年の詩文集『創造者』、七七年の詩集『夜の歴史』、そしてこの『砂の本』を挙げている。

短篇集『シェイクスピアの記憶』

時期的にも、系統的にもその『砂の本』に連なる本書『シェイクスピアの記憶』について、まずはその成り立ちからふり返っておこう。『砂の本』の二年後、一九七七年にスペインのセドマイ社から、『薔薇と青』と題された短篇集が刊行される。短篇集と言っても収録された作品はわずかに二篇、ともにこの本が初出となる「パラケルススの薔薇」と「青い虎」だった。一九八〇年にはイタリアのフランコ・マリア・リッチ社から、同社がボルヘスに編纂と序文の執筆を依頼して一九七五年から刊行を開始した世界文学選集「バベルの図書館」シリーズの一巻として、「一九八三年八月二十五日」と「パラケルススの薔薇」、「青い虎」、そして『砂の本』所収の「疲れた男のユートピア」、さらにマリア・エステル・バスケスによる一九七三年のインタビューが収録された『一九八三年八月二十五日、およびその他の未刊の短篇』がイタリア語で出版される。このシリーズは日本でも八〇年代終わりから九〇年代初頭にかけて国書刊行会から刊行され、当該するボルヘスの巻は『パラケルススの薔薇』という書名を与えられており、本書はこの日本語版を礎としている。経緯は不明だが、短篇「一九八三年八月二十五日」はイタリア語版が初出となったようだ。その後、スペインのシルエラ社が同シリーズのスペイン語版を発行、『一九八三年八月二十五日、およびその他の短篇』としてタイトル通り一九八三年にお目見えする。表題作についてはアルゼンチンでは同年三月に新聞『ラ・ナシオン』にも掲載されている。

「シェイクスピアの記憶」が発表されたのは一九八〇年の五月、『クラリン』紙上でのことだった。一九七九年七月のアントニオ・カリソとのインタビュー『記憶の人、ボルヘス』で「シェイクスピアの記憶」という短篇を二年かけて書き終えた、と述べ、同年十一月下旬に東京で受けたインタビューでは「近く出ることになっている私の一番新しい作品」と紹介している（「迷宮の森をさまよって」）。確実ではないものの、「一九八三年八月二十五日」が一九八〇年にすでにイタリア語に翻訳されており、また『ラ・ナシオン』紙に掲載された際、末尾に「一九七七年、ブエノスアイレス」と記されていたことを考えると、おそらく「シェイクスピアの記憶」は発表されたものの中で一番最後に書かれた短篇、ということになる。『人工呼吸』や『燃やされた現ナマ』などが日本でも読まれ、ブエノスアイレス大学、プリンストン大学などで文学を教えたリカルド・ピグリアも「シェイクスピアの記憶」をボルヘスの「最後の短篇」としているが、ボルヘス最晩年のパートナーであると同時にボルヘスの没後は作家の著作権継承者だったマリア・コダマにこれを尋ねたところ、「最後に書いた短篇のひとつだ」という答えだった。もしかすると、二〇二一年に競売にかけられた、自らと父、そして祖父にかかわる小さな物語をはじめとした未発表の作品のことが念頭にあったのかもしれない。「シェイクスピアの記憶」の発表を待つ七九年の段階でボルヘスは、「友人たち」という作品が計画中であると述べているが、はたしてそれは文字になっていたのだろうか。この三月にマリア・コダマが亡くなり、そういったことを確かめるすべを失ってしまったことは残念でならない。

それはさておき、最晩年の短篇四篇については、『薔薇と青』では二篇を欠き、「バベルの図書館」シリーズの一巻にはインタビューや書誌情報が含まれる上に『砂の本』と一篇が重複し、なにより「シェイクスピアの記憶」には帰属する短篇集がない、といった問題があったが、ボルヘスが亡くなった後の一九八九年に全集の続巻が出る際にこの四篇が『シェイクスピアの記憶』というタイトルのもとにまとめられ、現在では単独の短篇集として流通している。

「バベルの図書館」シリーズの『一九八三年八月二十五日』(日本では『パラケルススの薔薇』)に『砂の本』から収録された「疲れた男のユートピア」は、先に挙げた詩「くたびれた旅人が手にするのは」とともに、ボルヘス自身が死の直前に編んだ自選集（私家版、『ボルヘ・ルイス・ボルヘスの最後の序文』、刊行は一九九〇年）にも収録され、自身が「その疲れた男とは私のことだ」と述べるとおり、晩年のボルヘスの偽らざる心情を吐露した作品である。本書は、作品の数こそきわめて少ないが、その「疲れた男のユートピア」以上に、ボルヘスの文学的遺言であると同時に短篇作家ボルヘスの集大成、信仰告白でもあり、同時に人間ボルヘスの最晩年の自伝であるとも言えるだろう。本書の各作品について、以下に解題を試みたい。

「一九八三年八月二十五日」

ボルヘスは一八九九年八月二十四日にアルゼンチンの首都ブエノスアイレスの中心地で生まれた。つまり本書の最初の短篇は、現実のボルヘスの八十四歳の誕生日の翌日をタイトルにしていることになる。語り手は前日に六十一歳を迎えたボルヘスで、彼が馴染みの深い小さな町の小さなホテルに着くと、宿帳にすでに自分の名前が書かれていることに気づく。急ぎ上がっていったいつもの部屋には、八十四歳のボルヘスが横たわって息を引き取りつつあった。六十一歳のボルヘスが訪れた町はボルヘス自身がことあるごとに通ったブエノスアイレス郊外にあるアドロゲーであり、投宿しようとしているのは幼少期に家族で毎年夏の休暇を過ごしたホテル〈ラ・デリシア〉であろう。『伝奇集』の後半を構成する「工匠集」の「プロローグ」で仄めかされているとおり、「死とコンパス」でオーギュスト・デュパンを気取る探偵レンロットが最後にたどり着く別荘「トリスト゠ル゠ロワ」のモデルであり、「トレーン、ウクバール、オルビス・テルティウス」でハーバート・アッシュ（こちらはボルヘスの父がモデルとなっている）がトレーンの百科事典第十一巻を受け取ったホテル（ボルヘスはしばしばこのホテルを、皆がそう呼んでいたしこちらのほうがいいと〈ラス・デリシアス〉と記す）である。

一九三四年の八月二十四日、つまり三十五歳の誕生日にボルヘスは自殺をするつもりでここに来ており、それが語り手が「自殺の物語の原稿に手をつけた」と言う逸話である。ボルヘスが死を迎える舞台として選ばれるにふさわしいホテルだ。とはいえ八十四歳のボルヘスが横たわっているのはマイプー街のアパートのベッドである。ボルヘスがこのアパートに母親と越してきたのは一九四六年の末のことで、以来、六七年に結婚したエルサ・アステテ＝ミジャンと暮らして別居するまでの三年を除けば、ブエノスアイレスを永遠にあとにする八五年の十一月まで暮らした場所だ。「一九八三年八月二十五日」を執筆する段階では、ボルヘス自身も、彼が最も長く住んだこの家で、母と同じように死を迎えることを予想していたのだろう。

同じく異なる年齢の二人の「ボルヘス」が出会う短篇「他者」(『砂の本』)では、七十歳に手が届こうとするボルヘスが、ハーバード大学の近くで、ジュネーヴにいる十代のボルヘスと出会う。相手がかつての自分であることを証明しようと老いたボルヘスがジュネーヴの家の書架に並んでいた蔵書をあげ連ねるなど、いかにもボルヘスらしいモチーフに溢れたこの短篇が発表されたのは一九七二年で、どちらのボルヘスも、作者が「経験」しているボルヘスである。それに対して「一九八三年八月二十五日」は七〇年代の終わりに書かれており、作家は過去の自分を、まだ作家自身も知らない年齢の自分と立ち会わせている。

「他者」でジュネーヴのボルヘスが自らの五十年後を想像できないのはもちろんのことだが、同様に、一九六〇年の、六十一歳のボルヘスがその後の二十年を想像することはできないはずだということも、この年齢が選ばれた理由だろう。現実のボルヘスは翌一九六一年には欧米数か国の出版社が創設したフォルメントール文学賞を受賞し、これが彼の知名度を一気に高めることになる。日本でも、五〇年代にフランス語版から篠田一士が訳した「不死の人」を例外として、ボルヘスの紹介は六三年に始まっている。こうして、それまでブエノスアイレスとアルゼンチンの各都市、国境を越えると言ってもせいぜいウルグアイとの間を行き来する程度であったボルヘスが、世界を旅する作家となっていくのだが、ただ旅にあっても視覚的に体験することはできないため、「一九八三年八月二十五日」の八十四歳のボルヘスは、六十一歳のボルヘスがその後「触れる」ことになるものを挙げていく。

この短篇を理解するためのもうひとつの重要な背景は母親の死である。一九六〇年の、六十一歳のボルヘスはいまだ母親と暮らしており、七五年のその死をまだ知らないのだ。母の死に際して悲嘆に暮れるボルヘスはマスコミの格好の餌食になっていた。二か月後の『ラ・ナシオン』には「悔悟」(後に『鉄の貨幣』に収録)と題した詩を発表し、

およそ人が犯しかねぬもののなかで
私は最悪の罪を犯した　私は
幸福ではなかった　忘却の氷河によって
容赦なく引きずられ　消滅したいくらいだ

生という危険で美しい
遊戯のために　土と水のために
風と火のために　両親は私を生んだ
私は両親を欺いた　私は幸福でなかった

（鼓直・清水憲男・篠沢眞理訳）

と、幸福でなかった自分の人生を両親への不孝として嘆いている。その四年後、生涯で一番悲しかったことを問われた際には、「一九三八年の父の死です。それからつい四、五年前の母の死です。今でも私には母が死んだとは信じられないんです。家へ帰ると、母の部屋に立ち寄って、ひと言ふた言挨拶をします。そして夜になると、そばにいてくれてるんだと、考えるようにしてます」（「ボルヘス氏に聞く」）と語っている。八十四歳のボルヘスが母親のベッドに横たわって死を待っているのも、六十一歳のボルヘスが相手の言葉のうちに母の死を読み取ることを拒むのも、「母親と結婚している」と揶揄すらされた彼の母親への想いからなのだ。

こうした自伝的なモチーフだけでなく、この短篇には語り手が博物館を想起し、ボルヘス自身がしばしば「飽き飽きした」と述べるほどに多用したモチーフやテーマが散見される。二人のボルヘスという設定自体が、短篇「他者」の書き直しとしての自己剽窃であり、作品内で言われる分身（『創造者』の「ボルヘスとわたし」では私人である「わたし」が作家ボルヘスを甘んじて受け入れている）や鏡（ホテルの受付にある鏡は、『伝奇集』の「トレーン、ウクバール、オルビス・テルティウス」や「バベルの図書館」を思い起こさせる）のモチーフの変奏であると同時に、夢見る人と夢見られる人の同一性（たとえば先述の「アル・ムターシムを求めて」や『伝奇集』の「円環の廃墟」などに描かれる）でもあり、異なる時間と異なる場所にいるはずの二人のうちどちらがどちらを夢みているのか、それが語り手に（そして読者に）葛藤をもたらす。

ボルヘスは『七つの夜』として知られる連続講演の演題のひとつを「悪夢」としている。そしてそこで夢について、一人の人間、ただひとつの存在が他のすべての夢を見ているという考えとともに、あらゆる人間があらゆる人間の夢を見る状況、つまり夢と現実が対立しない世界を思い描いてもいる。たしかにボルヘスが何度も言うように、すべての時間とすべての場所が一堂に会している永遠の相のもとであれば、一人の人間は無限の人間であり逆もまた可能である。エッセイ「永遠の歴史」でボルヘスはこのことを、アウグスティヌスの永遠の概念を引用して「過去と未来のさまざまな要素はそのままそっくり現在にある」(土岐恒二訳)と述べる。

『図書館　愛書家の楽園』や『読書礼讃』などで知られるアルベルト・マングェルが、ボルヘスの目となって読書をしていた十代後半の数年間(一九六四年から六八年)をふり返った『ボルヘスさん家《ち》で』(『すばる』二〇一六年五月号)には、当時ボルヘスが「夢の質感を持った物語を書きたい」(田澤耕訳)と言っていたと書かれている。すでに一九四〇年の「円環の廃墟」でそれはある意味達成されたように思われることはさておき、八十四歳のボルヘスが、アイスランドにはまだ行ったことはない六十一歳のボルヘスに二度目の訪問を語ったり、アドロゲーのホテル〈ラ・デリシア〉は実際には一九五六年に取り壊されていて、六十一歳のボルヘスにも訪れることは不可能だったりするのは、そうした夢の質感を醸し出すためなのかもしれない。

六十一歳のボルヘスの夢と八十四歳のボルヘスの夢を夢みているのは七十代後半の作者である。そしてこの構造が自らを批評することを可能にし、また同時に入れ子構造を好むボルヘスのしたり顔を垣間見せもしている。はたして三人のボルヘスは、一九四九年のボルヘスが発表した短篇「神の書跡」(『アレフ』)で、スペイン人に囚われたマヤの神官ツィナカーンが無限の砂の夢の中で聞く言葉を思いだしただろうか――「目覚めてもお前は、覚醒状態ではなく、昔の夢に戻るのだ。その夢は別の夢のうちにあり、これが無際限に続くが、砂の粒の数はまさしく無際限である。お前が引き返すべき道は果てしがなく、ほんとうに目覚める前に、お前は死ぬ運命にある」(鼓直訳)。

「青い虎」

『ブロディーの報告書』の「まえがき」でその影響を語り、この「青い虎」でも言及されるキプリングが愛した土地、ラホールで論理学を教える語り手のスコットランド人は、ボルヘスの分身と考えてよいだろう。ちなみにその語り手、アレクサンダー・クレイギーの故郷アバディーンは、「不死の人」で主人公がポープ訳の『イリアッド』を購入した場所であり、「ブロディーの報告書」の「原作者」であるデイビッド・ブロディーと『砂の本』の「会議」の議長ドン・アレハンドロ・グレンコウの父親の出身地でもあり、ボルヘスの作品ではおなじみの場所と言える。

語り手クレイギーと同じくボルヘスもまた、子どものころには動物園(とりわけ彼が幼少期を過ごした家にほど近いパレルモの動物園）で虎のいる檻の前を離れなかった。クレイギーと同じくボルヘスもまた、百科事典のできを虎の挿画の善し悪しで判断していた。『創造者』に収録された詩「別の虎」はガンジス河畔を闊歩する現実の虎に、詩によって名指され、芸術によって虚構のものとなる虎が対置され、そのどちらでもない虎を探すことを提案することで、現実に対する言葉の無力さを払拭しようとする。同じ作品集の「Dreamtigers――夢の虎」では幼少期から虎が偏愛の対象であったことを想起しつつ、「少年時代が過ぎて、虎たちも、彼らへのわたしの情熱も衰えたが、それでも、虎はいまだにわたしの夢に現われる」（鼓直訳）と書き、一九七二年には『虎の黄金』と題した詩集を刊行し、いわばこの猛獣に詩集を捧げてもいる。ボルヘスのエッセイの代表作である「新時間否認論」（『続審問』）では、「時間はわたしを引き裂く虎であるが、虎はわたしだ」（中村健二訳）とも述べている。「ドイツ鎮魂曲」（『アレフ』）では詩の神秘性が虎の縞模様になぞらえられ、「神の書跡」では虎がジャガーに姿を変えているが、語り手ツィナカーンはその紋様に創造の力が秘められていることを直観する。

こうして虎は、芸術の象徴でありつつ現実の象徴でもあり、それゆえ宇宙が人間にとって整然たるコスモスではなく不条理なカオスであることを表すモチーフとなっている。『アレフ』所収の「ザーヒル」ではザーヒルが人に取り憑き人を狂わせるもの、一度目にすれば命の尽きる日まで考え続け破滅させられる存在とされ、「十八世紀のグジャラートでは、ザーヒルは虎だった。ジャワでは、信徒らによる石責めで死んだ、スラカルタのイスラーム寺院の盲人だった。ペルシアでは、ナディール・シャーが海底に投じさせた天文儀だった。マフディーの牢獄では、一八九二年ごろのことだが、ルドルフ・カルル・フォン・スラティンが触れた、小さな、ターバンの切れ端にくるまれた磁石だった。ゾーテンベルクによれば、コルドバの寺院では、千二百本もの円柱のうちの一本の大理石の石目だった。テトゥアンのユダヤ人街では、井戸の底だった」(鼓訳)と述べられる。そして語り手が手にしたザーヒルは二十センターボ硬貨だった。

「バベルの図書館」の円環的な書物、「アレフ」と名づけられた直径二、三センチの球体、「神の書跡」に登場する至高の〈輪〉、あるいはエッセイ「パスカルの球体」（『続審問』）で引用される「中心はいたるところにあり、周辺はどこにもない」、「円形の孤独をよろこぶ円い」（中村訳）球体、「円盤」（『砂の本』）に登場する片面しかないオーディンの円盤など、ボルヘスの作品では円形や球形の物体が人智を超えた神秘的な存在として現れる。前述のザーヒルの形象もその多くが円形である。「シェイクスピアの記憶」の冒頭で描かれる指輪もまたしかりだ。そしてこの「青い虎」に登場する「人の足でその山頂の土を踏むものは、神の姿を見ると同時に発狂するか、失明する」という山にある、コインを思わせる丸い小石もやはりザーヒルのひとつだろう。それは「人間精神の本質的な法則と矛盾」し、人間の論理の根底にある数学を否定する。人間の「科学」には手の届かないもの、神の不条理を人間に思い知らせるベヒモスやレヴィアタンとして語り手を虜にしてしまう。

先に触れた『七つの夜』の第二夜（＝第二講）「悪夢」においてボルヘスは、自分が見る悪夢は迷宮と鏡の二つで、二つが混じり合うこともあり、迷宮の悪夢は幼少期に見た版画に描かれていたクレタの迷宮、その恐ろしい中心にいるはずのミノタウロスのせいだと語っている。アレクサンダー・クレイギーが見る、らせんを描いて降りていく階段と地下室などが連続する夢は、「バベルの図書館」の構造を想起させ、それゆえ始まりから迷宮を思わせ、その中心にあると想定される小石の恐ろしさを際立たせる。そしてその小石が理由なく増殖することも、「鏡と父性はいまわしい、宇宙を増殖し、拡散させるからである」（鼓訳、「トレーン、ウクバール、オルビス・テルティウス」）と書いたこともあるボルヘスの作品にあっては、鏡の悪夢でもある。

ところで、一九七〇年の短篇「ブロディーの報告書」は作者も同書の「まえがき」に書いているとおり『ガリヴァー旅行記』にヒントを得たものである。それゆえ、『ガリヴァー旅行記』がイギリス社会を風刺していたように、「ブロディーの報告書」が、六〇年代末に、当時の軍事独裁政権に抵抗した労働組合と学生たちの運動を発端に広がったコルドバの暴動、さらには都市ゲリラによるテロや誘拐といった暴力の跋扈するアルゼンチンを風刺的に描いていることが想像できる。その数年後に書かれ、ダニエル・デフォーの名をすべりこませたこの「青い虎」でも、ありえない色をした虎を追い求めた語り手がたどり着いた村の、どこか秘密を共有しているような様子、外から来た者を警戒する人々には、暴力がさらに深刻化した抑圧的な社会と、国家が「反体制分子」と規定した者たちとの一種の内戦状態へと突き進んでいく七〇年代のアルゼンチンに生きる市民のありようを反映させているように思われる。

クーデターの後、フランコ体制のスペインに亡命していたペロンの復帰を待望する声がその六〇年代後半からアルゼンチンで高まっていき、一九七三年に二十年近い不在の後に帰国したペロンがふたたび政権につく。一九四六年にペロンが大統領になったために勤め先を辞めざるをえなくなっただけでなく、四八年には母親と妹がブエノスアイレスでも最も人通りの多いフロリダ通りで活動していた反ファシスト女性グループに同調していっしょに国歌を歌ったことを理由に逮捕され、母親は年齢を鑑みて自宅軟禁、妹はひと月に渡って留置場に収監されたことで私怨を極限まで募らせたボルヘスは、ペロンの復帰をさらなるアルゼンチンの堕落だと考える。そのペロンも大統領になってわずか十か月で亡くなり、副大統領を務めていた妻イサベリータがその後釜に座るものの、政治経験のない彼女にできることは少なく、老いたペロンの右腕であった大臣ロペス・レガによって結成されたアルゼンチン反共産主義同盟(その頭文字からAAA「トリプレ・ア」と恐れられる)が反体制分子の粛清に走る一方で、テロリズムも頻繁に起こり、すでにアルゼンチンは内戦の予兆を感じさせていた。

そのイサベリータが大統領となってから二年後の一九七六年三月二十四日、陸海空の三軍のトップからなる軍事評議会がクーデターを起こし政権を奪取すると、自分たちが担った使命を「国家再編への道（通称プロセソ）」と呼んだ。その一環として、前政権から引き継いだアルゼンチン反共産主義同盟なども利用し、恣意的に国家転覆活動家を特定し、そのシンパもろとも根絶しようとした。通称「汚い戦争」、国家によるテロリズムの始まりである。ボルヘスはこのクーデターを、ペロン系の政権を倒したというだけの理由で称讃し、多くの国民の反感を買っている。やがて軍やその影響下にある組織による不当逮捕から引き起こされた行方不明者問題について声高に批判をしたり、軍事政権のやり方に異を唱えたりもするようになるのではあるが、ボルヘスがアメリカやヨーロッパへと頻繁に旅するようになるのは、おそらくそうしたアルゼンチンの状況から逃れるためでもあったのだろう。村を抜け出して山の上で解放感を感じる論理学教師の姿に、ボルヘスが重なってくるのだ。

「パラケルススの薔薇」

さて、そのクーデターと同じ七六年、ボルヘスは隣国チリのピノチェト軍事独裁政権から勲章を授かったことで政治的立場を決定的に悪くすると同時に、永遠にノーベル賞を逃すことになったと囁かれる。そう考えると、バーゼルで「深い尊敬と激しい批難の的」となっている「パラケルススの薔薇」の主人公にも、当時のボルヘスを彷彿させるところがあることがわかる。弟子になりたいと申し出ながら疑いとともに師を見つめるもう一人の登場人物は、さしずめ虎視眈々と彼の言葉を引き出そうとするジャーナリストといったところだろうか。

この作品と前記の「青い虎」がひとつの短篇集を構成していたことはすでに述べた。虎と薔薇はボルヘスの中では交換可能なモチーフである。ザーヒルは虎である一方で、「ザーヒルを見た者は速やかにバラを見ること」になり、また「ザーヒルはバラの影」(ともに鼓訳)であり、虎と薔薇は同じ象徴を担わされている。先に触れた「別の虎」についてボルヘスは、先述したインタビュー『記憶の人、ボルヘス』において、芸術には再現することのかなわない現実と、一方で新たな現実を生み出す芸術をテーマにしたものであると述べている。散文「黄色い薔薇」(『創造者』)でも同じように、芸術は現実の鏡などではなく、世界に添えられたさらにひとつのものであるということが、こちらは黄色い薔薇を通じて語られている。そして、『薔薇と青』刊行と同じ年の講演を収録した『七つの夜』では、盲目について語るにあたって先述した幼少期の動物園での行動について語り、黄色だけはいまだに自分に忠実であると告白する。虎(現実の虎)と薔薇の黄色は、世界を見ることができなくなったボルヘスが判別することのできた数少ない色のひとつでもあった。

そして詩作品「別の虎」を「悲しい詩」だと呼んでいる(『記憶の人、ボルヘス』)ボルヘスは言葉の限界を、芸術の限界を措定しながら、それでも新たな現実を生み出す人間の想像の力に期待を寄せているように思える。エッセイ「ジョン・ウィルキンズの分析言語」(『続審問』)では、言語による、人間による宇宙の、世界の理解はあくまで恣意的なもので、限界と失敗を運命づけられていることが主張される。人間には、神による宇宙の構図を見抜くことはできないのだ、と。しかしそのすぐあとでボルヘスは、「だからといって、なにもわれわれが人間として宇宙の構図を描くのを断念しなければならないことにはなり得ない」と結論づける。人間は、言葉の力を通じて宇宙を（再）創造し、世界に新たなものをつけ加えるのだ。それは『続審問』のエピローグで、自分には人間による宇宙の構図である神学や哲学を「その美的価値によって、時には奇異で驚嘆的であるからというので評価しようとする傾向」（中村訳）があると説明される。だからこそ、「トレーン、ウクバール、オルビス・テルティウス」の百科事典には「哲学は幻想文学の一部門である」という言葉が燦然と輝いているのだ。彼の作品に力強さを与え、いまなお世界中で多くの読者を魅了しているのは、ボルヘスの言葉に対するこうした諦念と信頼であると言えるだろう。

「パラケルススの薔薇」はド・クインシーの語るパラケルススのエピソードに

想を得ながらも、むしろ作中のパラケルススは、人間には神の作った世界を変えることなどできない、神の力に対して人間ができることはほんのわずかである、という信念に基づいて錬金術を行う。「ザーヒル」では「一輪の花を理解できれば、われわれは自分が何者であるかを、世界は何であるかを理解できるのではないか、とテニスンは言った。どんなにつまらない事柄でも、宇宙の歴史やその因果の無限の連鎖と関わりのないものは存在しない、とおそらく言いたかったのだ」(鼓訳)と語られる。神が作りし一輪の花を人間が消すことができると信じて疑わない弟子に、世界を、宇宙を理解できるはずがない、それがパラケルススの出した答えである。「薔薇は永遠のものであり、その外見のみが変わり得る」と師に語らせるボルヘスは、パラケルススにその新プラトン主義を透徹させ、老いた人間のみが湛える凄みのようなものを師に備えさせている。

「シェイクスピアの記憶」

古今東西の文学にちりばめられた夢を集めたアンソロジー『夢の本』を編んだこともあるボルヘスにとって、夢は彼の作品に繰り返されるモチーフであるとともに、その礎ともなっている。「シェイクスピアの記憶」も彼が見た夢を下敷きにしていることはボルヘス自身が何度か言及している。夢で誰かが「あなたにシェイクスピアの記憶を売りましょう」と言ったのだと。夢見た場所はミシガンだったり、ヨーロッパだったり、その言葉はスペイン語だったり英語だったり、そのときによって揺れがあるものの、いずれにしてもその言葉を夢で聞いて、それを短篇にできそうだと感じたが、「売り買いはあまり好きではない」ことを理由に夢の言葉は修正を施されたという。「売る」という言葉は「価値が計り知れないばかりに、売ることができないものはある」というダニエル・ソープの実感に反語的に片鱗を残すだけになった。

やはりボルヘスを思わせる語り手、半ば盲目となった大学の英文学教師ヘルマン・ゼルゲルが自身の記憶として想起する、リューベックでの性的なイニシエーションあるいはその失敗は、ボルヘス自身のジュネーヴでの体験（「他者」でも、当人たちにしか分からないかたちで暗示される）をなぞっている。また、シェイクスピアの記憶の啓示が視覚的なものよりはるかに聴覚的なものであることは興味深い。「他者」においても、年老いたボルヘスが十代のボルヘスに気づくのは後者が口笛に吹き、また従兄に似せようとした歌だった。それはむしろ、ボルヘスが、そしてゼルゲルが目がほとんど見えないせいでもあるのだろう。

作品を越えて同じテーマやモチーフ、同じ比喩、同じ表現、同じ状況が用いられているのを発見することはボルヘスの作品を読む楽しみのひとつであるが、本書でもそうした喜びには事欠かない。「シェイクスピアの記憶」ではたとえば、他者の記憶の奔流に流されてしまいそうなゼルゲルが、「友人たちが私に会いに来た。私が地獄にいることが彼らにわからないとは驚きだった」と述べる。これは短篇「南部」（『伝奇集』）で「友人や身寄りの者たちが見舞いに来て、わざとらしい笑顔で、元気そうだとくり返した。ダールマンは彼らのことばを聞いて、いささか唖然とした。自分が地獄にいることを見抜けない彼らが不思議だった」(鼓直訳)という一節の焼き直しだ。ボルヘスは父親が亡くなった一九三八年の末に、階段を駆け上がっていたときに開かれていた窓の枠に頭をぶつけ、敗血症になって生死を彷徨いながらもなんとか生き延びる。傷を負ったのが頭だったこともあり、自らの文学活動に支障を来すのではないかと恐れたボルヘスは、母親が枕元で読んで聞かせてくれた作品の意味が分かることに感激したという。書物を生き、人生そのものの記憶より読んだ本の記憶のほうがはっきりしていたとすら言えるボルヘスにあっては、「南部」はその個人的体験を題材にして書き上げられた作品であり、そのときの感覚は四十年を経て「シェイクスピアの記憶」を執筆する際にも容易に呼び覚まされるほどのものだったことを表している。ちなみにこの体験によって引き起こされた不安によって、ボルヘスはそれまで書いてきた詩や評論を書きつづけてもし失敗でもしたら作家としての人生を諦めなければならないとまで思い詰めた。そして、それまで本格的に手をつけていなかった物語ならば失敗を恐れずに書くことができると考えたことが、『伝奇集』や『アレフ』所収の短篇群を書くきっかけとなったという。

ところで、一九七〇年にアルゼンチンで出版された『マクベス』にボルヘスが寄せた序文には、ボルヘスのシェイクスピア観が凝縮されている。いわく、シェイクスピアの運命は「神秘的な凡庸さ」を湛えており、彼には「ラテン語の知識がとぼしく、ギリシア語はなおさらであった」こと、そしてゲルマン系の言語ではあるがノルマンディー公国の支配を経てラテン系の単語が増加した英語に言及し、シェイクスピアは「意図的に、まったくの同義ではありえない二つの起源(の単語)を同時に用いて」いることを指摘している。それはそのまま「シェイクスピアの記憶」のライトモチーフになっている。

その「神秘的な凡庸さ」について言えば、ボルヘスにとってシェイクスピアは「何者でもない」という大いなる特性をもった存在だった。何者でもないシェイクスピアだからこそ、「ドイツ鎮魂曲」の語り手は彼（＝シェイクスピア）の世界が「無限の多様性」を有していると言うのだ。エッセイ「有人から無人へ」（『続審問』）でボルヘスは、神があらゆる属性を超越した結果「特定の「誰か」や特定の「何か」を超え」る存在になった経緯を説明する。そして「崇拝の対象を誇張し、ついには無化するこの過程は、あらゆる種の信仰に起こること」だと述べ、その例にシェイクスピアを挙げる。コールリッジにとってシェイクスピアはもはや人間ではなく、「スピノザの言う無限の神の文学的変体である」のだ、と。その上で、ボルヘスは神とシェイクスピアの「全」性と「無」性を、「一つの物であるということは、無情にも、それ以外の全ての物ではないということである。この真理を朧ろげながらも直感したとき、人々は非在が何物かであることにまさり、またなぜか、存在しないことはあらゆる物であることに同じであると想像するようになった」（中村訳）結果だと結論づける。

この考えは散文詩「Everything and Nothing――全と無」（『創造者』）を生む。

そこでもシェイクスピアの「顔の背後には、また饒舌で想像力と感情にあふれた彼のことばの背後には、ただ、わずかな冷気のようなもの、誰にも夢みられたことのない夢しか存在しなかった」と書かれる。だからこそ「何者でもないという己れの有りようを他人に気取られぬため、何者かであるかのごとく振る舞うすべを身に付け」(ともに鼓訳)たのだと。舞台の上でこそシェイクスピアはシェイクスピアであり、舞台を降りたら再び何者でもなくなり、それゆえさまざまな物語を想像(創造)することになり、もはやシェイクスピアにとって「生きること、夢みること、演じること」は同義となった。結末で神の前に立ったシェイクスピアは自分自身でありたいと神に訴えるが、神は次のように答える――「わたしもまた、わたしではない。シェイクスピアよ、お前がその作品を夢みたように、わたしも世界を夢みた。わたしの夢に現われるさまざまな形象のなかに、確かにお前もある。お前はわたしと同様、多くの人間でありながら何者でもないのだ」(鼓訳)。さかのぼってみれば、「パラケルススの薔薇」でパラケルススの「仮面の背後には何者もいない」と書かれていることにも気づく。

では記憶についてはどうだろう。まだ二十代だった一九二二年の評論「人格《パーソナリティ》＝私性の空虚」（『審問』）でボルヘスは、記憶とは「無数にある意識の状態の中には不鮮明なかたちで再度生起するものがたくさんある、ということを言うための名前でしかない」と述べ、記憶はアイデンティティの基盤ではなく、「さらに言えば、もし私性の基盤を記憶に置くとするのなら、日常的であったり新味に乏しかったりするせいで長続きする刻印を私たちの中に刻まずに過ぎてしまった瞬間については、どのような立場をとったらいいのだろうか？　そのような瞬間は長年月のうちに折り重なっていって、われわれの激しい貪欲の手が決して届かないところに落ち着いてしまう。そのすばらしき記憶とやらの欠陥を諸君は擁護するわけだろうが、実際に記憶が過去を全面的に現前させることが本当にあるのか？」（旦敬介訳）と書いている。このアイディアは四二年に、反転された形で「記憶の人、フネス」（『伝奇集』）となる。主人公フネスは、すべての知覚が記憶として刻印されているがゆえに、さっき目にした犬と、今目の前にいる犬との同一性も、犬という種の同一性も認識しえない。ド・クインシーを引き合いに出してゼルゲルが思い起こす神の記憶は全能であるが、記憶は忘却によって補完されるものであり、昨日を思い出すために一日を必要とするフネスの記憶（別のところでボルヘスは、帝国の地図が詳細を究めていった結果、帝国そのものと同じ大きさになったことを語る）は本人によって「ごみ捨て場」であると形容されるのだ。

「シェイクスピアの記憶」では、シェイクスピアのすべての記憶を与えられた者が、だからといってシェイクスピアとなるわけではないことが明らかにされる。シェイクスピアはその経験によって、その記憶によってシェイクスピアになったわけではなかった。前述したように、むしろシェイクスピアは何者でもなかったのだ。そしてそれゆえ、あらゆる人であり、それこそがシェイクスピアをシェイクスピアたらしめていた。それでもゼルゲルは、シェイクスピアの記憶に彼自身の記憶が呑みこまれることを恐れ、ゼルゲル自身であろうとする。

作品による救済

シェイクスピアの記憶をもちながら、そしてシェイクスピアよりはるかに劇的な経験をしながらシェイクスピアになれなかったヘルマン・ゼルゲルは、それでもシェイクスピアに、あるいは文学に惹かれ続け、また、「書く」という行為にささやかな喜びを見出す。ボルヘスの分身たちは、さまざまな知的絶望や不幸に苛まれながらも、読書や執筆に、文学の与える夢に救われるところがあり、それこそがボルヘスの分身たるゆえんのように思われる。一九七九年、日本でのインタビューで彼はこう話している。

キップリングの言葉を思いだします――「作品はその描き手を必死になって救おうとする。」実に含蓄のある一文ですね。まるで作品が主体者で、描き手がその作品に委ねられた存在か何かのようでしょう。私も書くことでだいぶ救われました。惨めな気持が癒されました。ですから、私の書いた作品は全然文学的価値がなくても、私には大いに役に立ったんです。

（「ボルヘス氏に聞く」）

ボルヘスは旅の記憶を綴った詩文集『アトラス』（一九八四年）に、二度目の来日の際に訪れた出雲大社での経験をもとに、俳句によって世界が救済されるという内容の散文「作品による救済について」を書いているが、そこにはボルヘス自身の「救済」も反映されているのだろう。

常々「書いたものよりも読んだものを誇りたい」と、「作者であるより読者でありたい」と語っていたボルヘスにとって、視力を失ってなお彼を支えたのは本を読むことであった。彼の記憶は書物の記憶であり、彼の旅は大いに書物の旅であった。アルベルト・マンゲルは先に引用した回想録に、盲目という独房からボルヘスを出してくれたのが旅と文学だったと記し、ボルヘスが「読み手の役割がもっとも重要なのだ。読み手であって、書き手ではない。ボルヘスさんは読み手が書き手の仕事を引き継ぐのだと信じている」(田澤訳)と書いている。そしてボルヘスの読み手はこのような感想をもつに至る――「ボルヘスは旅に値する」(ドリュ・ラ・ロシェル)。

ボルヘスはしばしば自らの不幸を嘆いているが、彼の作品は世界の読者に読む喜びを、そしてボルヘス自身には書くことによる癒やしを与え、彼自身を救い続けた。ボルヘスもまたゼルゲルであり、そして、それ以上に、「人間ならだれもが経験する」些末でおそろしいことを寓話に、「何世代にもわたって受け継がれる」作品へと移し替えることができたシェイクスピアだったのだ。

❖

本書の完成もまた、多くの人々、書物や翻訳に負うところばかりであった。ラテンアメリカ文学の兄弟子でコルタサルの翻訳者でもある岩波書店の入谷芳孝氏に、未訳であった「シェイクスピアの記憶」をどうにかしたいと相談したところ、すでに岩波文庫の編集からは退かれていたにもかかわらず瞬く間にボルヘスの全集が規定するとおりの形で短篇集にする手はずを整えてくださった。心より感謝すると同時に、なかなか進まなかった作業についてお詫びしたい。その入谷氏との相談で、国書刊行会の「バベルの図書館」シリーズの『パラケルススの薔薇』に訳出されていた「一九八三年八月二十五日」、「青い虎」、「パラケルススの薔薇」の鼓直先生による既訳には極力手を入れないことにした。とはいえ、どうしても整えざるをえない箇所については二人で相談し、著作権継承者でラテンアメリカ文学を専門とされる関西大学の鼓宗氏（『アトラス』の翻訳でも知られる）にお認めいただいたうえで、先人の訳を修正させていただいた。岩波文庫への収録を快く許してくださった国書刊行会にもこの場を借りて感謝したい。そして神戸市外国語大学大学院の集中講座で「シェイクスピアの記憶」をいっしょに読んでくれた参加者のみなさん、コロナ禍にオンラインでこの短篇についての話に様々な意見を寄せてくれたボルヘス会の会員のみなさんにもお礼を言いたい。またこの「シェイクスピアの記憶」にちりばめられたシェイクスピアの引用を訳出するにあたっては松岡和子氏の訳を参照させていただいた。この解説でも、既訳のあるものはそれぞれの先達の訳を使わせていただいている。書くことと読むことの間にある翻訳にも喜びがあることを教え続けてくれているそうした訳者たちにも深甚なる謝意を表したい。ボルヘスの仕事を引き継いでこの短篇集を読む喜びを、読者が見出してくれることを祈るばかりだ。

二〇二三年八月

シェイクスピアの記憶《きおく》　J.L.ボルヘス作

2023年12月15日　第1刷発行

訳　者　内田《うちだ》兆史《あきふみ》　鼓《つづみ》　直《ただし》

発行者　坂本政謙

発行所　株式会社 岩波書店
〒101-8002 東京都千代田区一ツ橋 2-5-5

案内 03-5210-4000　営業部 03-5210-4111
文庫編集部 03-5210-4051
https://www.iwanami.co.jp/

印刷・精興社　製本・中永製本

ISBN 978-4-00-377014-6　　Printed in Japan

読書子に寄す

――岩波文庫発刊に際して――

岩波茂雄

真理は万人によって求められることを自ら欲し、芸術は万人によって愛されることを自ら望む。かつては民を愚昧ならしめるために学芸が最も狭き堂宇に閉鎖されたことがあった。今や知識と美とを特権階級の独占より奪い返すことはつねに進取的なる民衆の切実なる要求である。岩波文庫はこの要求に応じそれに励まされて生まれた。それは生命ある不朽の書を少数者の書斎と研究室とより解放して街頭にくまなく立たしめ民衆に伍せしめるであろう。近時大量生産予約出版の流行を見る。その広告宣伝の狂態はしばらくおくも、後代にのこすと誇称する全集がその編集に万全の用意をなしたるか。千古の典籍の翻訳企図に敬虔の態度を欠かざりしか。さらに分売を許さず読者を繫縛して数十冊を強うるがごとき、はたしてその揚言する学芸解放のゆえんなりや。吾人は天下の名士の声に和してこれを推挙するに躊躇するものである。このときにあたって、岩波書店は自己の責務のいよいよ重大なるを思い、従来の方針の徹底を期するため、すでに十数年以前より志して来た計画を慎重審議この際断然実行することにした。吾人は範をかのレクラム文庫にとり、古今東西にわたって文芸・哲学・社会科学・自然科学等種類のいかんを問わず、いやしくも万人の必読すべき真に古典的価値ある書をきわめて簡易なる形式において逐次刊行し、あらゆる人間に須要なる生活向上の資料、生活批判の原理を提供せんと欲する。この文庫は予約出版の方法を排したるがゆえに、読者は自己の欲する時に自己の欲する書物を各個に自由に選択することができる。携帯に便にして価格の低きを最主とするがゆえに、外観を顧みざるも内容に至っては厳選最も力を尽くし、従来の岩波出版物の特色をますます発揮せしめようとする。この計画たるや世間の一時の投機的なるものと異なり、永遠の事業として吾人は微力を傾倒し、あらゆる犠牲を忍んで今後永久に継続発展せしめ、もって文庫の使命を遺憾なく果たさしめることを期する。芸術を愛し知識を求むる士の自ら進んでこの挙に参加し、希望と忠言とを寄せられることは吾人の熱望するところである。その性質上経済的には最も困難多きこの事業にあえて当たらんとする吾人の志を諒として、その達成のため世の読書子とのうるわしき共同を期待する。

昭和二年七月